사하라에 지다

PARIS ———————— DAKAR

파리-다카르 경주의 추억

사하라에 지다

최종림 지음

생각나눔

얼마 전까지 나는 병으로 취급되지도 않는 병을 앓고 있었다. 지옥의 경주라는 파리-다카르 자동차 경주에 참가하여 이십여 일 동안 사만 리 사하라를 헤맨 것이 거대한 기억의 망령이 되어 나를 괴롭혀 오는 것이었다.

사하라의 자락 자락에 묻혔던 내 생명의 얼룩이 기억으로 되살아날 때는 일없이 숨결이 가빠지고 온몸이 땀에 젖는 촌스럽기 이를 데 없는 병이었다.

그러나 나는 고국으로 돌아왔고, 내 병을 스스로 달래며 견뎌 왔다. 청량한 계절, 여유로운 시간 그리고 짜임새 있는 생활의 무늬들은 모든 것을 제자리로 돌려놓기에 충분했다.

그런데 내 눈앞에 스쳤던 그때의 신기루는 내가 헛것을 본 것일까, 아니면 사하라의 위대한 착각이었을까?

내가 본 많은 짐승의 뼈들, 살아보려 버둥대다 뿌리를 하늘로 쳐들고 만 나무들, 모래바람이 산을 삼켜버리고 앙상한 바위만 남겨놓은 채 사하라는 모든 것을 죽이며 살아있었다.

인간의 근원적 불확실성에 대해 끊임없는 도전의 몸부림을 유혹하고 있는 불가사의한 땅 사하라. 각종 경주에서 정상을 다투는 카레이서들이 가장 어렵고 혹독하다는 이유 하나만으로 유혹받는 대질주의 전쟁터.

불타는 사막에서 불꽃 튀는 레이서들의 질주하는 모습은 장관이 아닐 수 없다. 장장 스무이틀날을 오로지 나침반에 의지하며 동료와의 사투인지 사막과의 사투인지, 생사의 기로를 스피드에 맡긴 채 굶주린 늑대처럼 광막한 사막을 헤맸다.

세계와 나 자신으로부터 항상 변방을 떠돌며 혼불을 흘려 온 내 별수 없는 욕망은 나를 사막으로 내몰았고, 미친 욕망과 나 사이에서 원시적 방황을 하는 생명의 본연을 나는 사하라에서 보았다.

『신동아』에 연재되었던 『사하라 일기』를 책으로 엮은 지 제법 세월이 흘렀다. 절판되었음에도 독자들의 꾸준한 언급과 관심에 복간할 용기를 내게 되었고, 미공개된 사진들 역시 사장될 위기에서 세상과 조우하게 돼 또한 다행스러운 마음이다.

이 책의 발간에 붙이는 작은 바람이 있다면, 갇힌 사회의 무한경쟁 속에서 꿈조차 시들어 갈 내 조국의 병약한 젊은이들에게 나의 이 체험적 수기가 그들의 창조적 모험심을 자극해 또 다른 신명 나는 도전의 한마당을 펼쳐줄 수 있기를 간절히 바라 마지않는다.

최종림

길 없는 길

가면 되는 길로 오는 길

처녀의 젖무덤처럼

더듬어 낸

사하라 사만 리

새벽길 혼자,

넘어지지 않은 일이

별것 아니어, 민망한 저녁

내일도

길 없는 그 길로 가리라.

달리다 나도 넘어지는 날

내 혼은,

휑하니 사막으로 날아가

모질어 아름답게 자리한

가시덤불에 걸려

바람이 불 때마다

여인의 하얀 세시처럼

어릴 때 날아간 연처럼

파아란 하늘에 날리리라.

- 최종림

〈파리-다카르 경주 도중 영영 돌아오지 못한 젊은 영령들에게 이 시를 보낸다.〉

contents

Podor
Richard-Toll
Haïré Lao
Saint-Louis
Lagbar
Thilogne
Léona
Ndiaye
Louga
Matam
LOUGA
SAINT-LOUIS
Tioukougne Peul
Kébemer
Dara
Linguère
Fàs Boye
Darou
Mousti
Darou Khoudos
Mékhé
Mamâri
Kayar
Tivaouane
Vélingara
Bakel
Thiès
Mbaké
Dakar
DIOURBEL
Rufisque
DAKAR
Diourbel
Mbar
THIÈS
Popenguine
Gossas
Nayé
Mbour
Payar
Toubéré Bafal
Fatick
KAOLACK
Guinguinéo
Goudiri
Joal-Fadiout
Kaffrine
Kaolack
Ndangane
Koumpentoum
FATICK
Keur
Madiabel
Nganda
Tambacounda
TAMBACOUNDA
Dialakoto
Diouloulou
Bounkiling
KOLDA
Vélingara
Diana
Malari
ZIGUINCHOR
Kolda
Saraya
Bignona
Sédhiou
Mako
Tanaf
Ziguinchor
Kédougou
Oussouye
Diembéreng

WELCOME TO PARIS-DAKAR WELCOME TO

죽음의 경주가 시작되다

▲ 출발 전의 멋진 자태를 뽐내는 내 차. 어두운 새벽부터 구경 나온 사람들이 개조된 차 안을 들여다보고 있다.

PARIS-DAKAR

사막에서 그리웠던 파리의 강물

베르사유의 새벽

지옥의 랠리 첫째 날

파리, 비

정초 새벽. 줄기차게 비가 내린다. 아침 7시 베르사유 궁전 앞 광장에서 많은 환송 인파와 보도진 속에 트럭 팀을 첫 출발로 오토바이, 자동차 팀이 30초 간격으로 차례로 떠났다. 우리 차는 10시 5분 출발. 기름 280L. 물탱크와 모든 작동 계기는 점검 오케이. 첫 번 접선 구간 1,200km는 프랑스 국도 20번을 타고 남프랑스로 내려가 스페인 국경을 넘어 바르셀로나까지 가는 구간이다.

줄기차게 내리는 빗속에서도 수백 km의 연변에 엄청난 사람들이 줄지어 서, 장도에 오른 우리의 행렬에 손을 흔들어 주었다.

여러 마을을 지날 때마다 태극기를 달고 호돌이 마크를 온통 붙인 내 차에 수백 번의 플래시가 터졌고, 사람들은 차에 쓰인 내 이름을 외쳐댔

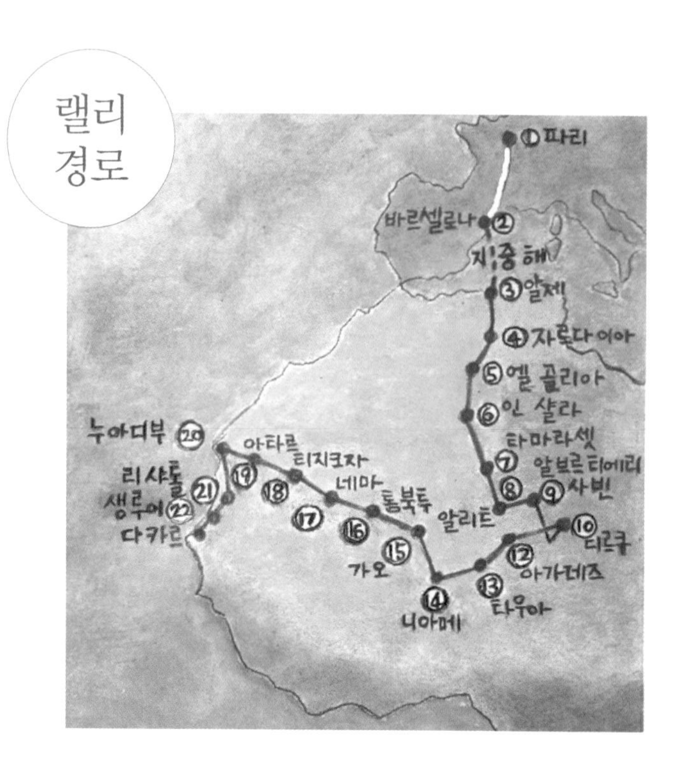

다. 그간 고국에 알리지 않은 채, 많은 시간과 어려움을 참고 이 대회에 참가하려 노력해 온 일에 가슴이 뿌듯해 왔다.

250km. 첫 번째 통과 점검 지역, 샤또 루우즈Chateâu Rouge에 도착하여 뷔페식 점심을 먹었다. 이곳은 나와 생사를 같이할 파트너 파일럿인 제롬의 고향이기도 하다. 제롬의 부모 형제들이 우리를 에워싸 많은 인파의 접근을 막아주었다. 이곳 사람들 풍습엔, 험한 길을 떠나는 사람에게 '좋은 여행을…'이라든가 '행운을…' 하고 말하면 안 된다. 떠나는 이에게 포옹을 하며 "Merde(프랑스 욕: '똥,' '빌어먹을')!"를, 그것도 13번이나 외쳐댔다. 희한한 풍습이다.

오후 4시. 리모즈Limoge를 거쳐 브리브Brive 2번째 통과 점검, 3번째 뚤루즈Toulouse를 통과하여 밤 10시에 4번째 통과 점검 지역인 뻬르삐냥Perpignan에 도착했다. 우리가 통과하는 곳마다 풍성한 뷔페와 함께 그 도시 특유의 환영 행사를 받았다. 자정 무렵 스페인 국경을 넘었다. 자정이 지난 후에도 마을 연변에는 아직 사람들이 모여 우리를 환호하고 있었다. 이곳 유럽은 순수 스포츠 인구도 많지만, 특히 생활 스포츠, 즉 경보, 달리기, 자전거, 수영, 항해 경기, 오토바이, 자동차 경주는 국민적 인기를 누리고 있다. 또한, 그것들은 관중들이 복잡한 경기 규칙을 알지 못해도 즐길 수 있는, 빨리 가면 이기는 소위 스피드 경주들이다.

죽음의 경주가 시작되는 북 사하라 평원. 찌는 더위와 먼지는 벌써부터 우릴 집어삼킬 듯하다.

평원의 곳곳엔 복병처럼 위험 인자들이 숨어있다. 죽음의 질주와 핑크빛 구름이 묘한 대조를 이룬다.

비자도 없이 알제 항으로

지옥의 랠리 둘째 날

바르셀로나, 맑음

새벽 3시 50분, 바르셀로나 도착. 거리엔 골목마다 경찰이 나와 길을 안내해 주고 있고, 부두에서 또한 많은 사람이 밤을 새워가며 우리를 환호하고 있다. 이곳에서 오늘 알제리로 가는 배를 타고 지중해를 건너게 된다. 잠을 한숨도 못 자고 차와 함께 우린 승선 수속을 했다.

3,000km 이상의 북아프리카 코스가 알제리에 있는데 불행히도 알제리는 친북한 노선으로 우리나라와는 외교 관계가 없는 나라다. 하여 나는 우리들 대열 가운데 유일하게 알제리 비자를 받지 못했다. 파리의 알제리 대사관에서는 대뜸,

"북에서 왔소?"

하고 물었다. 내가 남쪽이라고 했더니 내 비자 신청 서류조차 보기를

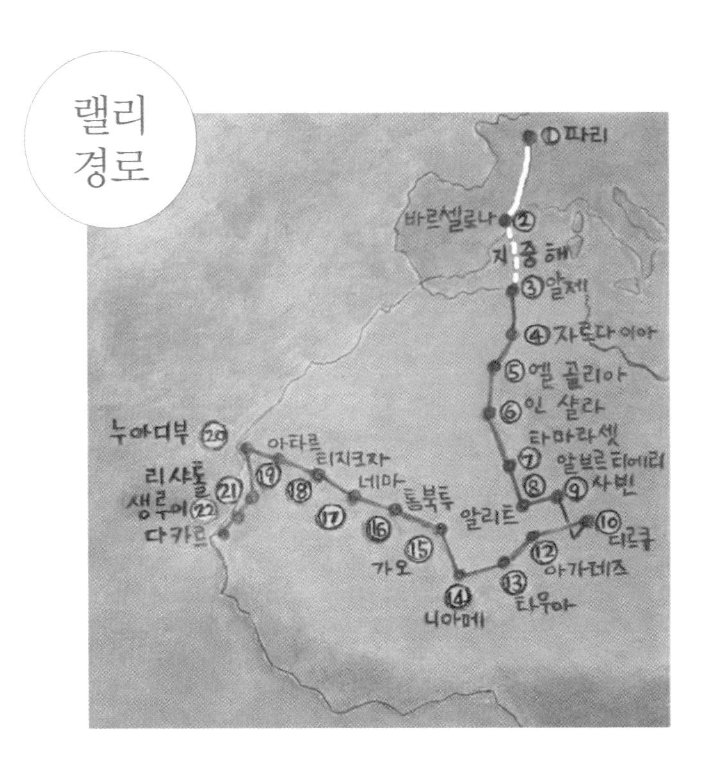

꺼려 했다. 이 대회를 주관하는 막강한 대회 조직 본부 측은, 프랑스가 자랑스럽게 개최하는 세계 최고의 자동차 경주에 참가하는 각국 선수와 팀이 당사국과의 외교 관계 때문에 거부되는 것을 원치 않았다. 그들은 나의 참가가 알제리 정부의 비자 시비에 좌지우지되는 것을 우려했고, 이는 또한 국제 스포츠 교류 정신에 엄연히 위배되는 것이다. 그들은 세계 자동차 스포츠 연맹과 프랑스 측 내무, 외무부에 진정서를 넣고 알제리 쪽으로도 전문을 보냈다. 물론 파리의 우리 대사관에서도 내게 도움을 아끼지 않았다. 대회 본부 측은 이 대회에 작은 한국인이 참가함을 감탄해 마지않는 터였고, 특히 동양에서는 일본 일색으로 판을 치는 상황이어서 내게 많은 호감을 갖고 있었다. 대회 회장인 질베르 사빈느 씨와

북사하라 대평원. 앞서간 차들의 피스트가 어지럽다.

재정 담당 책임자 쟈끄 씨가 알제리 출입국 책임자에게 서약서를 적고 난 후에야 나의 입국이 허락되었다.

5년 전에 만들어진 내 여권에는 알제리를 뺀 모든 나라를 여행할 수 있다고 명시되어 있다. 그래서 나는 이 배짱과 억지스러운 알제리 입국이 우리나라 법을 어기는 것이 아닐까 걱정스럽기도 하다.

나는 파리 제4대학(소르본느 대학)을 유학하며 태권도 사범으로 아르바이트를 해 왔었다. 70년대 당시 우리나라와 외교 관계가 전혀 없었던 중동과 남미, 그리고 동구 공산권까지 내 선배들이 작은 한국인의 매서

운 주먹을 시범으로 보여주며 그 나라 정부 수뇌의 총애를 받아왔다는 사실을 기억하고 있다. 더러는 이미 뿌리박힌 일본 가라데의 현지 패거리에 장살 당하기도 하고, 총에 맞아 죽어가며 그 나라에 한국을 심었다. 그리곤 통상 대표가 태권도 사범에 의해 그 나라에 소개받아 들어갔으며, 뒤이어 영사관이 들어간 경우도 있다.

외람된 말이지만 한국 외교사에 한국 태권도의 활동 사항이 완전히 빠져있는 것을 나는 아직도 의아해하고 있으며, 그 엄청난 어려움과 희생을 당한 선배 제위들을 위해서는 한국 태권도 외교사를 책으로 만들어 외교사 어디에든 비집어 넣어지길 바라본다.

나는 그런 마음으로 또 앞으로 13,000km의 죽음을 각오한 사하라 종단과 횡단의 길목 앞에서 용기를 잃지 않으려 쓸쓸해지는 마음을 추슬렀다.

오후 2시. 우리를 태운 3대의 거대한 페리호는 알제리를 향해 바르셀로나 항을 떠났다.

나는 선실로 들어가 알제리 비자가 현지에서 받아들여질 수 있기를 간절히 기도하며 잠에 떨어졌다.

돌밭 주행길, 튀고 솟구치고…. 몸속 장기 모두가 제자리를 이탈할 듯하다.

기자들은 우리가 가장 힘들어하는 코스에 숨어서 사진을 찍었다. 우리의 불행이 그들에겐 멋진 작품이다.

죽음의 경주는 시작되고

지옥의 랠리 셋째 날

알제, 맑음

아침에 선실을 두드리는 노크 소리에 눈을 떴다. 배는 알제 항에 정박해 있고, 알제리 정부 고위 관리가 마중 나와있다. 대회장 질베르 사빈느 씨가 내 어깨를 두드리며 염려 말라 하지만 불안한 마음은 어찌할 수 없다. 잠시 후 그 고위 관리라는 사람이 몇 명의 수행원을 거느리고 아직 출입국 관리 구역 안에 있는 내게 다가왔다.

내 비자 발급에 대해 난감해 하는 그에게 사빈느 씨는 내 어깨를 감싸 안으며 말했다.

"나, 이 친구 꼭 데리고 갈 겁니다."

그는 묘한 표정을 짓더니 수행원들과 이슬람어로 잠시 이야기를 한 후 내게 말했다.

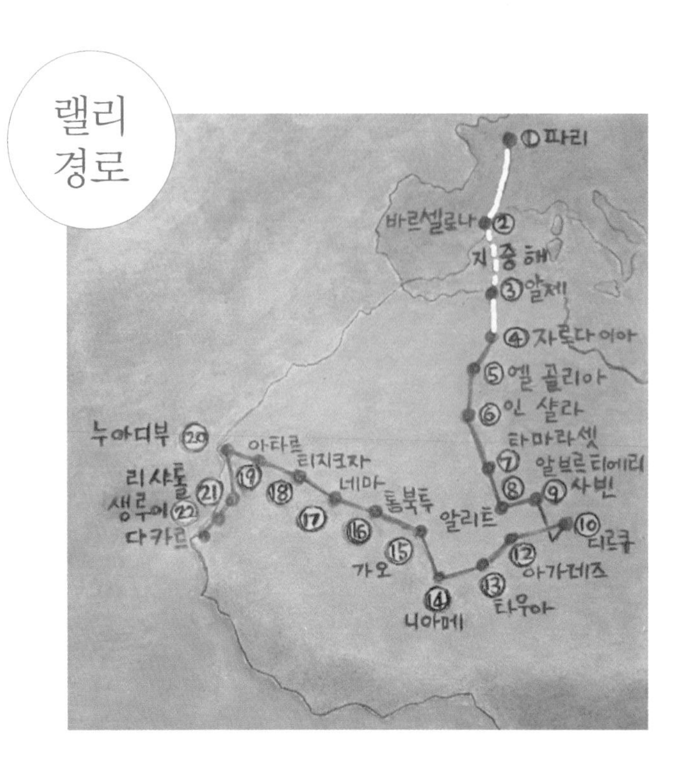

“불행히도 한국과는 외교 관계가 없어 비자를 내줄 수 없습니다. 더욱이 알제리 현지 비자 발급은 절대 안 됩니다.”

나는 그의 유창한 불어보다 그의 말뜻에 긴장이 되어 절로 침이 꼴깍 삼켜졌다.

“그렇지만 이번에 대회장 질베르 사빈느 님의 부탁이니 특별히 당신에게 비자를 내주겠소. 한국에 돌아가면 우리 알제리를 잘 소개해 주시오.”

그리곤 그가 내게 손을 내밀었다. 나는 머쓱해지는 기분을 억제하며 감사를 표시하고, ‘Your Excellency’라고 최고의 존칭을 써주었다. 그는 옆 수행원에게 눈짓을 하더니 내게 따끈한 아랍 커피까지 권했다. 나는 커피 온기에 몸을 녹이며 말했다.

"제가 정치가나 외교관은 아니지만, 한국 최초의 국제 카레이서로서 바람을 말씀드린다면… 장관님의 배려가 우리 한국과 알제리 양국 간 첫 스포츠 외교의 시작이 되었으면 합니다."

"그런 의미에서 비자를 주니 돌아가거든 알제리를 잘 이야기해 주고, 우리 정부의 호의도 전하여 주시오."

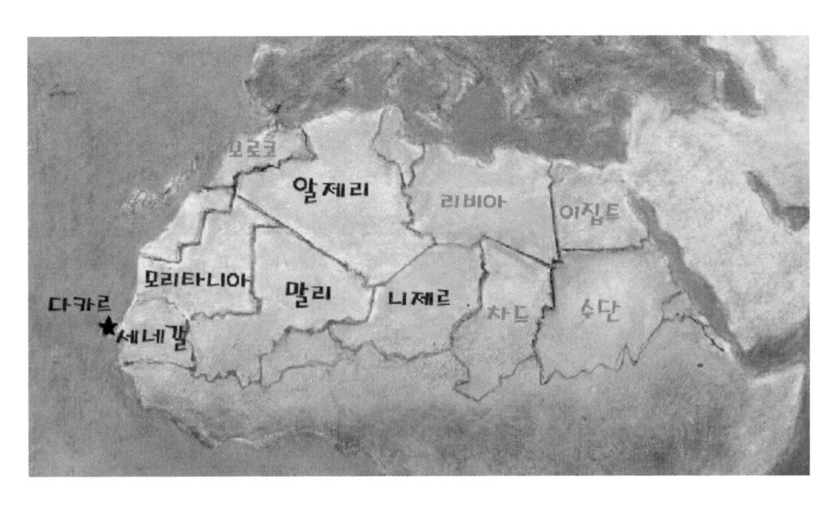

파리-다카르 랠리의 본 코스는 알제리, 니제르, 말리, 모리타니아를 거쳐 세네갈의 다카르에 이른다.

오전 9시. 알제리 수도 알제 외곽 스타디움에서 우리는 623km 떨어진 자르다이아Gardhaia로 출발했다. 비가 오고 있어 흙탕물이 차를 덮쳤다. 50km 지점의 브리다Blida를 지나 높은 산간 지대로 들어섰다. 알제리 해안에서 계속되는 기름진 땅은 이 산줄기를 넘으면서 끝이 나고 이어 광대한 북사하라가 시작된다.

산간 코스는 우리나라 강원도 산골짜기처럼 높은 절벽과 계곡, 커브가 많은 길로 내가 평소 좋아했던, 자신감 있는 코스다.

비옥한 산간에 많은 종려수가 숲을 이루고 있다. 1시간 후 나무가 점점 드물어지는 고원 지대를 지나 광막한 황야의 지평선 쪽으로 들어가고 있다.

평균 시속 170~180km.
황야는 점점 사막성 벌판으로 변하고
땅으로 낮게 깔리는 모래바람이
뱀처럼 우리 앞을 가르며
지나가고 있다.
몸에 전해지는 타이어의 감촉이 미묘해
나는 제롬에게 핸들을 넘기고
우리 가곡「떠나가는 배」를 크게 틀었다.

우리 차는 도요타 랜드 크루저.

제롬은 차를 개조할 때 사막 모래에 며칠 작동 못 할 것이니 카세트를 붙이지 말자고 했지만 내 고집으로 기어이 붙여서 왔다. 본래 경주 차에는 차체 중량을 1g이라도 줄이기 위해 최대한 차의 내장품이나 나사 하나까지 빼버린다.

내가 튼 우리 가곡은 이 막막한 사막에서는 어울리지 않는 음악이다.

"저 푸른 물결 헤치는

거센 바다로 떠나는 배"

살구꽃 풍경 따스운 내 고향,

모시올 같은 땅거미가

동네 골목으로 스며드는

내 나라의 정겨운 노래가

황폐한 광야 천지에서는 의미 없이 들린다.

그래도 노면 상태가 좋아

나는 지휘자 흉내 내고

제롬은 오페라 가수처럼 목을 빼고

"기어이 가고야 마느냐…"라고 불러 젖혔다.

사막 해넘이를 바라보는 연인들.

황량한 석양 속에 군데군데 묻힌
기적 같은 오아시스를 지날 때에는
황야 빛을 닮은 양 떼들과 목동,
그리고 젤라바Djellabah를 입고
얼굴 깊숙이 터번을 감은 사람들이
우리에게 손을 흔들었다.

알제로부터 500km 지나
우리는 나란히 볼일을 본 후
비스킷과 오렌지로 요기를 하고 또 달린다.

저녁 6시 55분 자르다이아 도착.
사막 끝으로 갑자기 언덕이 나타나며
그 아래 분지에 큰 오아시스 마을이 모습을 보인다.
"아, 저곳에도 삶의 불이 켜져 있구나."

비박 장소에 오니 이 코스에서 5대의 차와 2대의 오토바이가 사고로 후송되었다 한다. 죽음의 대질주가 시작됐음을 실감했다. 우리가 온 코스는 아무것도 아니었다. 내일부턴 수십 배 험한 코스가 우리를 기다리고 있다. 오늘 밤 침낭에서 사막별을 보며 기도하리라.

배가 고프다.

열정, 아름다움, 단순함, 냉혹함…. 사하라는 그 모든 것을 감추고 조신한 처녀처럼 우리 앞에 나타났다.

내 숨결마저 말려버릴 것 같은 사하라.

조난의 두려움이 더 큰 경주

지옥의 랠리 넷째 날

맑고 건조함. 모래바람

자르다이아Gardhaia-엘 골리아El-Golea. 455km.
파리로부터 2,338km 주행. 알제 남쪽 1,048km 지점.

아침 7시 기상. 커피와 치즈 한 쪽으로 아침을 대신했다. 그간의 접선 구간Liaison은 한정 시간 내에 도착 장소에 들어오면 페널티Penalty(한정 시간보다 늦게 도착한 만큼 늦게 출발시키는 벌점제)만 받으면 되는 가벼운 것이었으나 오늘부터는 스페셜Special(주행 시간 채점) 구간이다.

8시 5분 출발. 연료 240L. 일반 점검 및 각종 계기 점검 오케이. 전진 방향 235°. 주행로는 피스트Piste(차가 지나가면서 저절로 생긴 길)로 자갈과 굴곡이 심하다. 안전벨트를 단단히 죄었으나 차가 튈 때마다 몸과 의

랠리 경로

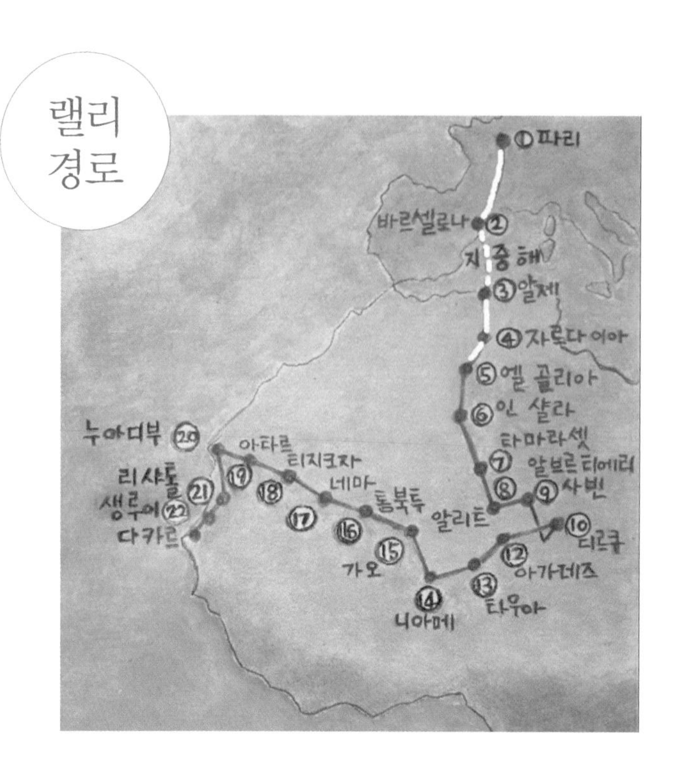

자 사이가 흔들려 충격과 함께 눈알까지 튕겨 나갈 것 같이 고통스럽다. 시속 90km에서 110km 속도로 달리면 수많은 구덩이 끝부분만 타이어에 닿는다. 공중에 떠있는 시간과 땅에 닿는 시간이 반반씩이다. 만화 영화에서나 볼 수 있는, 차가 붕붕 튀면서 달리는 현상이 계속된다. 앞으로 갈수록 피스트의 흔적은 엷어지고 막 우리들 앞을 지난 몇 줄의 차바퀴 흔적만 남아있다.

조수석에 앉은 항법사Nevigator는 시계로 구분되는 노면 상황과 상태를 충고하는 것을 비롯하여 노선 책Road Book을 정확히 읽고 목표물 거리 계산, 나침반 방향 제시를 매 순간 경주자에게 지시해 주어야 한다. 항법사의 거리 계산과 시간마다의 나침반 방향 수정에 조금의 오차라도 생기면 차는 꺼낼 수 없는 모래 늪으로 들어가거나 멀리 지평선 넘어 엉

모래에 빠진 차. 모래가 차 하부까지 닿으면 그걸로 끝이다.

뚱한 곳으로 가다 조난 당하게 된다. 그때는 차를 움직이지 말고 구명 깔개를 편 다음 예비 타이어부터 본 타이어까지 태우며 검은 연기를 하늘 높이 올리고, 밤에는 불을 지펴 구조 신호를 보내야 한다. 송수신 라디오를 사용하면 바로 퇴장이다.

우리나라의 수십 배가 넘는
이 넓은 사하라에서
구조 비행기가 우릴 찾지 못하면
이 사막에서 생을 끝내야 한다.
그러한 일이 설혹 우리에게 일어나더라도
나는 구차한 눈물은 흘리지 않을 것이다.

유서 한 장은 이미 내 품에 있다.
세계 최고의 자동차 경주에 참가하고 싶었던
내 꿈이 이루어지고 있는 이 순간
무엇이 두려우랴.
온몸의 흔들리는 무게만큼
마음이 전율하고 있다.
토끼 심장처럼 콩당거리며 살아온 나이지만
한평생을 선하게 살아온 노인처럼
담담하고 곱게 죽음을 맞으리라.

34.50km 지점. 나침반 230° 수정.

자동차가 지나가며 일률적으로 만들어 놓은 딱딱한 모래톱Tole 시작. 피스트 외곽 주행 금지.

38.35km. 차는 시속 100km로 모래톱 위에 떠 있는 현상 계속. 피스트 외곽 주행 계속 금지. 차는 지그재그의 커브를 주행하는 데 거의 60~70°의 방향을 꺾어야 하고, 그때마다 5~6m씩 미끄러졌다. TV 헬리콥터가 우리 위를 2바퀴 선회한 후 사라짐.

47.04km. 나침반 240° 수정. 흰 모래 계속. 하씨 엘 하자Hassi El Hadjar의 폐허된 보루 왼쪽으로 선회.

64km. 수많은 모래 무덤 시작. 곳곳에서 차들이 모래 무덤에 얹힘.

"최대한 모래 무덤을 돌아라, 방향 190으로 바꿔!"

나는 끝없이 전개되는 상황을 제롬에게 고함쳐 주었다.

81km 지점. 전방 100m 앞 급경사 모래 언덕. 15m 언덕 아래로 미끄러

진 후 골을 가로질렀다. 건너편 흙모래 산, 우측 편으로 공격했으나 골의 커브를 벗어나지 못했다. 나는 제롬으로부터 핸들을 받았다. 후방 50m까지 넉넉하게 후진. 사륜구동 저속 보조 기어로 갈고, 2단 기어로 최대 액셀러레이터, 좌편 35° 경사의 자갈 모래 산으로 공격. 중간에서 1단 기어로 바꾸었으나 정상 4m를 남기고 멈춰서 버렸다.

우리 차 우편에선 푸조와 닛산 등 대여섯 대의 차가 모래에 빠져 삽질 작업으로 허우적거리고 있다.

왼편 산을 향한 나의 세 차례 공격도 모두 무위로 돌아갔다.

화가 치밀어 차를 주먹으로 쥐어박았으나 애꿎은 손만 아프다. 한참 공격 지형을 의논한 후 제롬에게 다시 핸들을 넘겨주었다. 내가 방금 공격한 전방 35° 경사, 좌편 15° 경사를 제롬은 두 번째 공격에서 아슬아슬하

북 사하라에서 피스트를 잃고.

게 차를 기울이곤, 기울어지는 쪽으로 곡선 커브를 그리며 오르기에 성공했다. 그는 이 대회에 네 번째 참가하는 직업 레이서답게 능숙했다. 소요 시간 1시간 10분. 언덕을 내려가며 둘은 손바닥을 마주치곤 목을 빼 늑대 울음소리를 냈다. 해냈다는 성취감에 겨워 우린 음악을 틀었다. 모차르트 교향곡 40번 중간 부분이 나왔다. 따르르 랄라… 버릇처럼 나는 멋진 지휘자가 됐다.

92km. 시속 20~60km로 달릴 때에 신체가 가장 많이 상하게 돼있고, 심리적으로도 가장 불안한 상태가 된다. 자동차 경주에서 이 속도로 달려야 하는 것이 답답하지만, 지표가 굴곡이 심해 그 이상의 속도를 낼 수 없다. 이 속도를 낼쯤의 모든 경황이 가장 쉽게 차를 넘어뜨린다. 우리는 2시간 이상 이런 상태로 달리다 갑자기 절벽 앞에서 아슬아슬하게 멈추어 섰다. 발끝을 가시로 간질이는 전율이 온몸으로 쫙 퍼져왔다.

차를 뒤로 빼 좌회전하여 절벽을 따라가다 모래가 모여 비스듬히 생긴 라디에Radier(자동차가 지나가기 어려운 모양의 여러 가지 지표 상태)를 타고 코끼리처럼 밀려 내려가는 데 성공했다. 염병할… 모래 산을 미끄러져 내리는 것이 자동차 경주라니….

150km부터 구간 끝. 지루한 터덜거림으로 머리는 멍청해지고 허리와 엉덩이엔 아예 감각조차 없다. 해가 지고 있다. 뿔뿔이 흩어져 왔으나 황야에서 같은 목표 지점으로 달리는 우리 주자들이 일으키는 수십 km의 먼지가 지평선으로 구름이 되어 피어오르고 있다. 큰 고장으로 뒤에 따라오고 있을 보조 차를 기다리고 있는 차량, 그리고 차가 부서져 아예 경기를 포기하고 구조 신호(X표 사인을 다른 주자가 받으면 대회 본부에 알림)를 하고 있는 주자들이 측은하게 먼지를 덮어쓰고 있다.

밀가루 같은 모래 먼지를 일으키며 야산 계곡을 돌아 나오는 주자.

차가 일으키는 거대한 먼지,

정면으로 내리는 석양은 앞을 가리고

또 불쑥 부닥칠지 모르는

절벽에 대한 연속된 공포로

나는 지쳐버렸다.

운전석을 제롬에게 넘기고

모래로 그득한 입 안을

인삼 가루 탄 물로 씻어내었다.

후! 정신이 든다.

광막한 하늘의 거대한 덮개로
대지는 하늘 아래 서서히 깔려
강아지처럼 안겨온다.
그 대지 어디쯤
한 곳을 어지럽게 달려가는 지친 심신은
금방 고개를 묻고
의식 세계로부터 잠시 멀어져 가고픈
위험한 안식이 스며든다.
아직은 안 된다.
조금만 더 가자.

졸음을 쫓으며 지도 읽기를 잠시 멈춘 나를 내버려 둔 채 제롬은 어두운 계곡 아래 종착지의 피스트가 확인된 곳으로 내달리고 있다. 황무지 계곡을 몇 개 돌고 나니, 이미 포기한 채 두고 간 오토바이와 빈 차 주위에 터번을 두른 사람들이 드문드문 모습을 보인다. 마을이 가까워져 오고 있는 것이리라.

아프리카, 아랍의 하느님…! 인 샬라.

앞서간 차의 먼지로 시야 확보가 되지 않아 추돌 사고를 일으키기도 한다.

북 사하라 야산 계곡 공략.

절벽 앞의 절체절명

지옥의 랠리 다섯째 날

맑고 바람 없음

엘 골리아El-Golea-인 살라In-Salah. 679km.
파리로부터 총 주파 3,017km.

들판 야영은 추웠다. 커피와 보리 비스킷, 비타민 농축 젤리로 아침.

새벽 5시 기상.

6시 7분 출발. 엘 골리아 마을을 관통하여 셰바라Chebara 방향. 나침반 110°. 비교적 고른 피스트. 시속 180km로 달려 미리벨Miribel의 폐허가 된 보루 스페셜 구간 진입. 잠시 종려수 아래 마른 샘 앞에서 긴 호흡으로 마음을 가다듬었다.

오전 9시 5분, 가끔 와디(마른 냇가)가 나타나는 것 외에는 53.50km 지점까지 시속 200km로 직선거리를 질주할 수 있었다. 그러다 와디 크

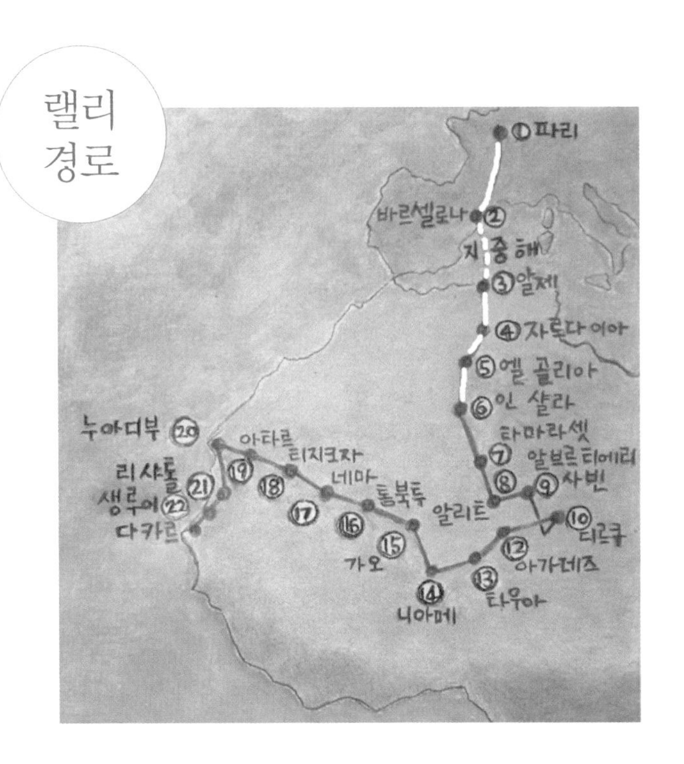

레바스가 나타나기도 해 차를 10m 이상 미끄러지며 급정거하게 했지만, 오후부터 맞게 되는 200~400km까지의 코스에 비하면 이건 양반 가마 길이다.

68.70km. 나침반 120°. 절대 피스트 탈 것. 큰 모래톱과 심하게 패인 웅덩이로 차가 튀어 오를 때마다 안전벨트로 묶지 않은 머리는 헬멧 무게까지 더하여 괴롭게 흔들린다.

수백 개의 와디를 계속 가로질렀다.
와디 속에는
앙상한 가시덤불이 모래 빛으로 말라
군데군데 모여있다.

언젠가 올 빗물을 기다리며

마른 몸뚱이를

끈기 있게 다독이는 것이리라.

생을 걸고 생을 위해

물을 기다리는 덤불….

우리네 인생은 이익의 향유라 했던가.

저 가시덤불의 생은

손익계산 제로,

인간의 생에 반反한다.

107.32km. 피스트 벗어나도 좋음. 2km가 넘는 넓이로 차가 지나간 자국이 펼쳐진다. 갑자기 피스트가 급격히 좁아지며 경사 45°의 와디로 내려가는 비탈길, 군데군데 쌓인 돌무더기를 피해 여러 대의 차가 서로 지나가려 법석이다. 우리들은 본디 차례가 없는 원시인간들이다.

167.45km. 볼일을 보고 제롬과 운전석 바꿈. 운전복 안의 방화복 내의를 훌랑 벗어버렸다.

차에 오르기 전 둘은 손을 마주치며 짐승 같은 괴성으로 서로를 북돋웠다. 붉은 모래와 극명한 대조를 이룬 코발트블루의 하늘빛이 가슴으로 흘러든다.

나침반 방향 150°. 광막한 사막을 핏줄마냥 수천 갈래로 갈라진 와디를 가로지르는 코스가 나타났다. 모래 웅덩이와 커브가 같이 있을 때는 속도를 줄이자니 아깝고, 미끄러져 틀자 하면 웅덩이가 위험하니 난감하다.

"전방 3km부터 피스트 벗어나면 안 됨. 방향 180° 전방 1.1km. 방향 110°로 수정. 800m, 600m, 200m 수정. 피스트 벗어남. 피스트 바깥 황야 상태 좋음. 바깥으로 나가라."

제롬은 내게 운전 방향과 상태를 열심히 지시하고 있다.

241km 지점에서 그가,

"위험! 크레바스다. 위험! 아니, 절벽이다!"

라고 소리쳤다.

아뿔싸! 어찌 둘 다 그 절벽을 못 보았을까? 속도 120km에 급격히 3-2-1단 기어로 줄여 가며 브레이크를 연속적으로 눌렀다. 최대한의 마찰을 위해 오른쪽, 왼쪽으로 차를 틀어지게 하며 나는 속으로 연신 하느님을 외쳤다. 절벽 20m 앞에서 차의 감속 속도로는 살아남을 수 없음을 직감하고 직선으로 끌리게 하다, 오른쪽으로 핸들을 틀었다. 이러면 차는 엉덩이가 전면으로 180° 뒤틀리는 현상이 생긴다. 나로서는 최선의 방법이다. 차는 둥글게 차체를 오른쪽으로 밀더니 200°가량 뒤틀리며 절벽 6m를 남기고 가까스로 멈추어 섰다. 휩싸였던 먼지가 사라졌을 때 내 차는 절벽 위에 남아있었고, 나는 운전대에 머리를 묻고 있었다. 식은 땀이 흐르고 육신은 스포이트로 모든 에너지를 빨아내 버린 것처럼 텅 비어버렸다.

"에이, 머저리! 이 머저리!"

나는 제롬에게 욕을 퍼부어댔다.

"이 멍청아! 60m 앞에 와서 절벽 신호를 해주다니…. 아이쿠, 멍청아! 너 카레이서 맞냐?"

물론 경주자도 전방 관찰을 하지만 바로 지척의 지표를 훑어가다 보면

아직은 깔끔한 모양새이나 나도, 내 차도 곧 거지꼴로 변한다.

그 너머는 보지 못할 때가 있다. 작년에 일본 팀이 이런 곳에서 비행기처럼 절벽을 날아내려 황천길로 떠난 사건이 생각나 온몸으로 진저리를 쳤다. 우리도 그 같은 꼴이 될 뻔했다. 맙소사…, 하느님.

우린 평소 말을 놓는 사이지만 그가 내 친구가 아니었다 해도 할 수 있는 욕은 다 쏟아부었을 것이다. 실컷 욕을 하고 나니 속이 좀 풀렸다(나는 제롬에게 내가 아는 모든 욕을 퍼부었지만, 놈은 내 욕 따위 아랑곳하지 않는다. 희한한 녀석이다).

영국의 맹인 여행가 제임스 홀먼이 자신의 여행에 대해 피력하며 "불확실성이 내포된 벼랑 끝에서의 스릴을 다시 느끼기 시작했다."라고 했지만 상상하고 싶지 않은 불확실성이고, 나는 결코 이런 스릴 다시 느끼고 싶지 않다.

계속 절벽으로 지면이 끊긴 와디의 연속. 이런 날은 500km 구간이라도 실제 주행 거리는 800~1,000km에 이른다.

595km 지점까지 왔을 때 완전히 밤을 맞고 말았다.

아직도 황야와 돌밭 계곡이 84km나 남았는데 심신은 허리케인이 훑고 간 바나나 이파리같이 만신창이가 되어있다. 더 가야 할지, 야영 후 새벽에 떠날지를 망설이다 30분만 쉬어가기로 했다.

커피를 끓이고 고단백 분말 가루를 물에 타 약처럼 마셨다. 절인 쇠고기와 뜨거운 커피가 조금의 여유를 준다.

검푸른 하늘에 총총한 별들이 인도 여인의 결혼식 의상에 수없이 박힌 비즈처럼 반짝거린다. 내가 아직 살아있어 저 별을 볼 수 있음이, 내 모르는 이름 없는 이에게 보내는 감사로 그윽하다. 한 수 시가 절로 나온다.

지중해 대양에 절여진
내 노랑머리는
몇 년 전 꿈쯤은
색깔로 기억하지.
종일 천지는 해거름
백 년도 넘은
거리 끝에 오면
남은 노인들이 처마 밑에서

책을 팔고 있었지.

알량한 사랑 이야기

달려가 버린 지혜

나는 왜
쓰레기처럼 흩어져 있는 그것들에 연연하여
마음 편치 못해
몇 해나 이 도시를 서성거렸나.

토막 난 논리들이
하늘에서
정신 빠졌다 밤 별이 되어
사막으로 날아간 뒤
어젠
비가 왔었지, 꿈에.

며칠째 젖은 찬바람 하늘 내음,
낡은 땅 끝에서는
그림자만큼 새로운 기분.

복고풍 넓은 바지를 입고
슬픔이 부재된 연장들을

호주머니에 짤랑이며

사랑 연습을 하고

그때—

휘파람 불었지.

사하라엔 모래만 있는 것이 아니다. 도처에 이런 지형들이 널려있어 우리 주자들을 힘들게 한다.

소금 실은 낙타 무리가 재를 돌아가고 있다.

마의 계곡, 마의 크레바스

지옥의 랠리 여섯째 날

모래바람

인 샬라In-Salar-타마라셋Tamanrasset. 819km. 총 주파 3,836km.

죽어가는 산의 마지막 바위 뼈

아침 5시 기상.

어둡고 차가운 모래바람. 아직 한 번도 양치질, 세수를 못 해봤다. 모두가 모래 먼지와 기름때로 한 겹 뒤집어쓰고 입과 눈만 제 빛으로 살아 추위에 젖어있는 모습들은 영락없는 걸뱅이다. 최소한의 인간다운 모습조차 찾아볼 수가 없다.

비박 장소에는 어제 아침 엘 골리아를 출발했던 차들이 먼지를 일으키며 지금까지 도착하고 있다.

랠리 경로

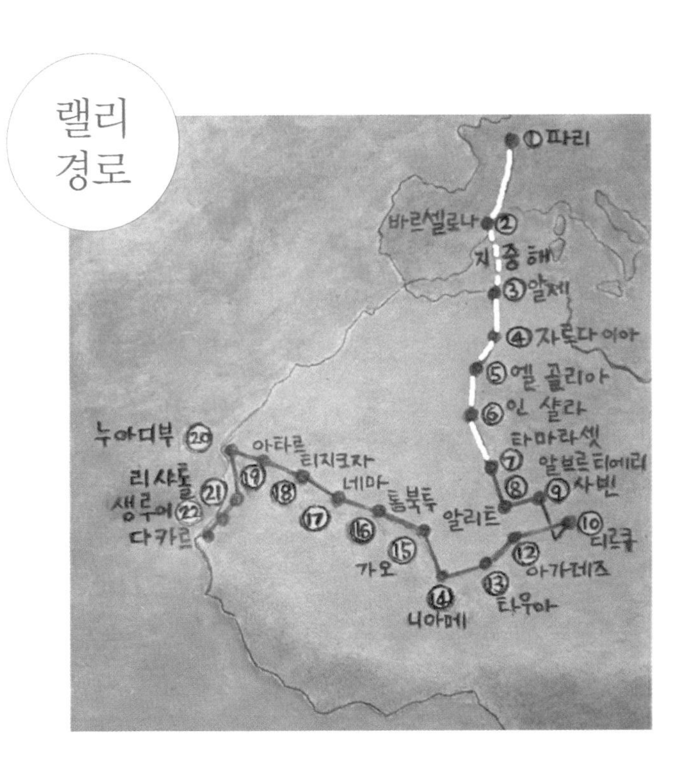

"젠장! 이 새벽부터 먼지를 마시는군."

우리도 어젯밤 자정 후 35분에 도착 신고를 했다.

이 경주에 참가한 모든 차는 의무적으로 도착 신고를 해야 한다. 도착 신고도 없고 차가 코스에 없는 것이 확인되면 조난으로 간주한다. 수백 명이 참가하는 이 경주에는 각종 사고나 코스 경계로 20여 대의 비행기가 동원되나 조난된 차를 찾아 나서기보단 사고 부상자를 태워 나르는 것이 우선이기에 코스를 벗어난 조난 차 수색 비행기는 절대 부족한 실정이다. 많은 스폰서들이 자기 팀을 보호하기 위해 자가용 비행기나 전세 경비행기를 이용한다.

어제의 비박 장소까지 34대의 차량이 각종 사고로 낙오되었고, 중상 9명은 S.O.S 항공편으로 유럽에 후송되었다. 그리고 오늘 아침 6시 현재

50대의 차가 도착하지 않은 상태다. 자정 넘어 도착한 차 중 우리처럼 비행기 보조 팀이나 정비사가 없는 가난한 팀들은 손수 정비를 하고, 노선책을 보며 밤을 새우고 다음 코스를 떠나야 한다.

더욱이 오늘 코스는 819km의 돌 계곡과 사막 언덕 공략의 험난한 코스다. 나는 떨리는 아침 추위에 커피를 마시며 회심의 미소를 지었다. 지난날 힘들었던 유학 시절을 지탱해 준 인고의 시간들이 커피 향에 녹아들었다.

그렇듯 저 덩치 큰 부자들도 견디는데 몸으로 버티는 것쯤이야 못 견디랴. 그중에 넌 엄청난 돈을 들여 처음으로 선진국 부자 놀음에 끼어들지 않았는가….

외로운 주자. 사하라에선 외로움조차 엄청난 두려움이다.

잡념도 가끔은 향신료 같아서
스쳐 가는 이런 생각이
심신에 활기를 주는 듯하다.
허리춤을 들썩 올리며 엇-싸
배에 힘주어 차에 올랐다.

나 보란 듯 제롬도 목을 빼 흔들며
하늘을 향해 포효하더니
기세등등 차 안으로 들어왔다.

오전 8시 43분 출발.
30초 간격을 두고 떠나는
주자들의 차 먼지가
화산에서 용트림하는 연기처럼
줄줄이 하늘로 오르고 있다.

해내리라. 오늘 코스에서 가장 많은 차가 부서지고 해체되는 날이다. 웬만큼 죈 나사도 다 풀어지는 819km, 마의 코스다.

시속 170km. 작은 구덩이와 흙무덤을 지날 때는 차가 1m나 높이 튀어 4~5m씩 공중으로 난다.

49.70km 지점. 라디에에서 차가 거꾸로 넘어질 뻔했다. 방향 10°의 거의 북쪽에서 다시 방향 60°로 수정하고 15분을 달리니 전방에 서서히 돌산 줄기가 나타나기 시작한다. 두 개의 낮은 산등성이를 넘고 산 사이

길든 낙타와 야생 낙타 무리가 아득히 점으로 움직이고 있다.

의 와디를 건너려고 했으나 차가 오를 만한 곳이 없다.

방향 130° 쪽으로 향하여 출구를 찾아 계속 와디를 내려갔다. 제2 속도계 가동. 와디의 가시나무 잎을 뜯고 있던 야생 낙타가 둔하게 도망질한다.

102.68km. 또 하나의 산등성이를 올라탔다. 그러나 다람쥐 쳇바퀴 돌듯 헤매도 내려갈 곳이 없다. 오늘은 계속 지형 공격에서 적지를 못 만나고 있다.

"야, 제롬. 이쪽 경사를 돌면서 차가 만약 넘어지려고 하면 왼쪽으로 틀어 원심력을 받으면 될 것 같은데…."

30분을 헤매고 난 후 제롬은 내 말을 따랐다. 나는 차의 뒷면에 되도록 많은 무게를 주기 위해 차 뒤에 매달렸다. 차가 48°의 급경사에서 내리꽂히는가 했더니, 좌회전하면서 원심력을 받아 왼쪽 언덕을 돌았다. 이 순간 나는 차가 틀리는 쪽 언덕바지로 날아가 버렸다. 다행히 언덕 경사에 떨어졌다. 쇠똥구리가 굴리는 소똥처럼 몇 번 뒹굴다 정신을 차리고 보니 제롬은 차를 멈추지 않고 그냥 내려가고 있다.

"엇… 퉤퉤!"

화가 절로 치밀었다. 주먹보다 큰 돌을 차 쪽으로 집어던지며 나는 툴툴거렸다.

"이건 자동차 경주가 아니야, 굶은 산적들이 노루 잡으러 온 거지… 에잇!"

198km. 방향 180°.
지금까지 달려온 일이
한 편의 모험 드라마 같다.
수면 부족에 체력은 소진되어
소금물에 잠긴 배추 꼴이다.

그 많은 산의 계곡과 등성이를
빠지고 또 타고,
골에 몰려있는 모래 언덕을
20~30° 기울어진 채
곡예를 한 지 2시간.
아직도 갈 곳이 멀다. 아이코….

얼마를 왔을까?

전방에 산이 없어지고

검은 흙모래로 된 평원이 보인다.

최대 속도.

지표는 점점 모래로 변하고

그나마 피해갈 수 있는 노화된 검은 산들이

줄줄이 나타났다.

우리가 내내 지나친 그 산들 중엔

완전히 도태돼 버린 것도 있었다.

수억 년의 풍화 작용과 모래바람에 깎여

조각조각 먼지로 날려간 뒤,

나중엔 생물이 살아갈 수 없는 벌거숭이로

가장 견고한 바위 성분만 남는다.

그 단단한 바위들도

풍상과 세월 속에 금이 가고 허물어 내려

먼지로 닳아가다 기어이

동물이 죽고 뼈를 이 사막에 형체대로 남기듯,

수억 년 전의 거대한 산은

모래밭 위에 까만 바위 뼈를

한 무더기씩 남기고 있다.

아! 산도 이 사하라에서는 죽어가고 있구나.

70년을 살다 갈 인간 앞에 장구한 세월의 흐름과 산의 주검을 보는 감회는 말할 수 없는 것이었다.

우리는 80분 동안이나 큰 S자 커브를 그리며 죽어가는 산의 뼈 무덤을 지나갔다.

'오늘, 내가 지나간 얼마 뒤,
내가 죽고 난 한참 후,
너도 남은 너의 검은 몸체 무게대로
사하라 밑으로 내려가 버리리라.'

그대 사막으로 오라

313.95km. 양대 콩만 한 검은 돌이 박힌 모래밭. 그곳에 빠진 차를 건져 내 널빤지 위에 올려놓고 우린 커피를 끓이고 말린 쇠고기를 먹었다. 멀리 10리쯤 밖에 물체가 보여 쌍안경으로 보니 고장 난 경주 차와 보조 트럭이 한창 작업을 하고 있다. 경주 코스에서 경주 차가 고장 나거나 사고가 나면 뒤따라오던 스피드 보조 차Speed Assistance Car는 신속히 자기 차에서 모든 대치 부속을 살신적으로 빼내어 경주 차를 고쳐 보낸다(경주 차와 스피드 보조 차의 차종과 성능은 동일함). 혹은 더 큰 사고 고장으로 스피드 보조 차로도 고칠 수 없을 때는, 몇 시간 뒤에 따라오는 보조 트럭이 엔진이 깨진 것이 아닌 한 모든 정비 수리를 하여 경주 차를 코스에 내보낸다. 이 트럭에는 충분한 예비 부속품과 심지어 소형 발전기와 산소 용접기, 소형 선반까지 준비되어 있다.

파리-다카르 자동차 경주는 유능한 파일럿과 자동차만으론 참가할 수 없다. 파일럿 팀과 정비 팀, 기획 관리 팀이 혼연일체가 된 메커니즘이 원시의 사막 속에서 이루어 내는 피눈물 나는 예술품이다. 따라서 세계의 차종이 이 대회에 한 번 참가하게 되면 순위와 관계없이 그 차의 성능을 인정받게 된다.

400.40km. 대 평원 시작됨.
방향 215° 고정.
지평선은 오늘도 감홍 빛과 푸른빛의
색상 띠를 두르기 시작한다.
알제리 북부에서 시작된 이 평원은
그 크기를 짐작할 수가 없다.
좁은 우리 땅, 분단까지 된 땅을
쓸모없이 많이 사 두고
금고 속에 땅문서를
값이 오를 때까지 썩히고 있는 사람,
그리고 월급 모아
땅 사는 데 야망을 두고 있는 내 친구들은
이곳 북아프리카로 오라.
땅문서도 필요 없이
제주도만 한 땅을 하나씩 가져라.
내 이력서와 내 교만함을
파리 전진 캠프에 맡겨 놓고 왔듯
당신들도 올 때는 땅문서를
의사 없는 섬과 양로원과
데모하는 철거민촌에 맡겨 두고 오길…

맑은 물, 신선한 공기,

사시사철 꽃과 나무가 성한

우리 좋은 땅에서

가난하다는 이유만으로

사는 데 불만이 많은 자와

국산은 쓸 만한 것이 없어

외제만 사용해야 하는 부자들은

샘 하나와 나무 몇 그루의 그늘만 있어도

사막 한가운데서 삶을 차리는

먼지 자욱한 이곳 오아시스로 오라.

또 골재를 채취하며 살아가는 내 형님께도

저 모래 산 두어 개쯤 주고 싶다.

고장 나 수리하고 있는 이륜 주자. 그도 이튿날 조난 당했다.

어깨동무 아이들. 어른은 물론 아이들에게도 랠리는 신나는 구경거리다.

사하라의 별을 보면 스테파네트와 목동의 이야기가 들리는 듯하다.

사하라의 별

지옥의 랠리 일곱째 날

맑고 모래바람

타마라셋Tamanrasset-알리트Arlit. 705km. 총 주파 4,541km.

먼지 속 질주

2시간 수면. 선 채 코펠에 담긴 커피를 마시고 있는 내게 네덜란드 TV 팀이 카메라를 들이대며 날 가로막았다. 사람 꼴이 아닌 내 모양이 부끄러워 얼굴을 가리며 소리쳤다.

"여보쇼! 원숭이들한테 보여주는 TV 프로그램 만드는 거요? 내가 세수한 날 인터뷰 약속하겠소."

도망가는 나를 쫓아오며 그들은 기어이 인터뷰를 해 갔다. 미치광이한테 뺨 맞은 기분이다.

랠리 경로

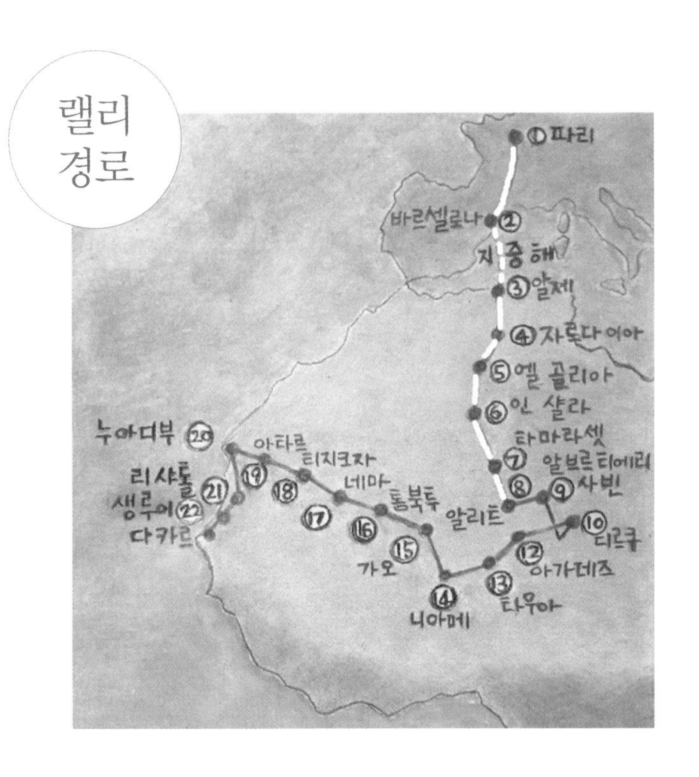

8시 5분, 와디의 홍수로 무너져 끊겨버린 2개의 피스트 앞에서 하마터면 경주를 쉽게 끝낼 뻔했다. 많은 주자들이 접선 구간에서 아깝게 탈락하곤 하는데, 마음의 긴장이 풀려있는 탓이리라.

오늘 접선 구간 57km 중 두 번째 크레바스 속에 입방아를 찧어 20분이나 허비하는 바람에 남은 8분 동안을 스페셜 구간처럼 미끄러지고 튀며 달려야 했다.

67km. 오래된 보루 옆, 싸리나무로 둘러쳐진 집 3채로 형성된 마을 타가우오. 앞으로 90km 더 가면 알제리 국경을 넘어 니제르로 들어가게 된다.

69.40km. 와디 몇 개를 건너 340° 방향으로 우회전한 후, 다시 나침반

마른 강 바닥(와디)을 달리는 100번 주자.

방향 248°로 좌회전. 80km 이상을 와디의 마른 바닥을 따라 내려갔다. 마른 강바닥은 부드러운 흙모래여서 먼저 출발한 차들의 먼지가 제트 구름이 되어 하늘로 오르고 있다. 이 먼지 속 시계 15m도 안 되는 곳에서 앞차를 추월해 내려면 고도의 운전 기술보다는 죽음의 용기가 필요하다.

가끔 우리 차를 능숙하게 따돌리는 주자들의 용기도 용기거니와 뒤로 쳐지게 되는 우리는 순간 시계 제로의 먼지에 휩싸여버린다. 물론 급정거해야 하고 시계가 트이는 만큼씩 다시 속도를 내야 한다. 그러는 사이 가속이 붙은 또 다른 뒤차가 추월해 가면 다시 장님이 되는 억울함을 겪어야 하는 것이다. 대포라도 있으면 놈을 쏘아 주련만… 분통 터진다.

어렵지 않게 앞지르는 방법이 없지는 않다. 넓은 와디 속에 또 작은 와디가 있는데, 가장 최근에 소량의 빗물이 흘러내린 곳은 지면이 비교적 단단하고 먼지가 일지 않는다. 바로 이곳에서 앞지르기 대 전쟁이 벌어진다. 그러나 그곳도 사활의 위험이 걸리는 곳이다. 다른 작은 와디와 합류한 흔적에는 반드시 50cm~1m의 층계Marche가 생겨 있어 차가 공중을 날다 꽂혀버리는 수가 있기 때문이다.

아무튼, 와디의 긴 바닥을 이제 막 출발한 경주 차들이 내는 먼지는 최대 시계 30m밖에 되지 않는다. 사막 안경만 내놓고 얼굴과 머리를 터번으로 휘감았으나 먼지를 마시지 않을 방법은 없다. 그동안 먼지를 열 숟가락은 더 마셨을 것이다. 유럽 파일럿들은 들이마신 먼지를 씻어내기 위해 주로 우유를 많이 마신다. 그러나 예전 우리나라 탄광촌 아주머니들이 잘 만들었던 돼지 삼겹살보다 나을까? 거기다 소주 한잔까지 곁들이면… 아, 먼지 그득한 입 안에 절로 침이 고인다.

144.58km. 로드 북에 있는 지형이 실제로 나타나지 않아 길을 잃어버렸다. 10km 이상의 넓은 와디 골짜기에 속절없이 갇힌 꼴이 되었다. 골짜기를 더듬다 넓은 공지로 나올 때면 여러 대의 차가 제멋대로 이리저리 쏘다니고 있다.

144.85km 지점. 와디 구렁에는 방향 감각을 잃은 땅 개미 떼들의 일대 혼란이 일어났다. 우리가 가는 방향과 거꾸로 지나쳐 가는 차가 있는가 하면, 한 대의 차가 자기 방향을 잡아 자신 있는 속력으로 달아나면 여러 대의 차가 급히 그 차를 뒤쫓고… 그리곤 한참 후 몰려갔던 골짜기를 되돌아 나온다. 헛웃음 나오는 모습들이다. 모두들 혼자 방향을 찾아 달아나고 싶은 마음은 굴뚝같건만 혼자 조난 당하는 게 싫어 몰려다니는 수밖에 없다. 그럴수록 방향감과 거리감은 사라져 버린다.

나중에 안 일이지만 차 한 대가 리비아 국경까지 넘어가 버린 불운한 일(그 장본인은 마가렛 대처 전 영국 수상의 아들로, 리비아와 사이가 좋지

길을 잃은 주자.

않았던 영국은 신속히 공군기를 띄워 그의 수색에 나섰다. 다행히 그는 리비아 국경 수비대에 발각되기 전 국경 근처에서 영국 공군에 의해 구조되었다.)

이 생겼고, 이날 37대의 차가 만 24시간 동안 돌아오지 못했다. 아깝지만 나는 제롬에게 20km 이상을 되돌아 거슬러 올라가게 했다. 폭이 수 km나 되는 와디에서 방향을 잡아 거슬러 오르는 것도 문제다. 나는 멀리 있는 지형지물에 기준을 잡아 제2 거리 계기로 거리 추산과 감산을 작동시키고, 주 나침반 방향을 고정시킨 다음 비상 나침반으로 임시 방향과 거리 계산을 했다. 시간 손해를 많이 보더라도 확실한 지형지물까지 되돌아가는 데는 과감해야 한다.

신기루

"이 엉터리… 저 멍청이들과 쏘다니는 기차놀이를 언제까지 하려고 해? 기름도 180L밖에 없어, 이 바보야!"

나는 헤매고 있는 차들과 같이 돌아다니려는 제롬을 질책했다. 그는 작년 모리타니아 코스에서 4일 밤 4일 낮을 조난 당해, 벤츠 사륜구동차의 스페어타이어는 물론 본 타이어까지 태우고 차를 그곳에 사장시킨 쓴 경험이 있다. 물론 파리의 모든 가족은 그가 죽은 거로 단정하고 TV 화면에서 연일 울고불고한 희비극이 있었다. 그런 일을 당하고 보니 그는 조난에 대해 자주 과잉 반응을 보인다.

2시간 15분 만에 로드 북 피스트 진입에 성공했다. 죽을 고생을 했다.

162km. 반쯤 모래로 덮인 산과 산 사이를
몇 개나 비집고 나오니
죽은 산의 돌무덤이 시작되고
그 너머 노란 사막이 도도히 펼쳐졌다.
또 두려워진다.
시계는 트였지만
부드러운 모래가 깊어 달리지 못하니
마음만 지평선 끝으로 달아나고 있다.
지형지물이 있는 사막 표면은
짓궂게 불규칙하다.

250.40km. 오후 4시 33분.

사하라 속의 바다와 섬들…. 달리는 차 주위 멀리 나타나는 신기루에 나는 심기가 어지럽다.

방향 130°로 수정 후 제롬에게 핸들을 넘겼다. 오후 내내 이 넓은 모래밭 위를 제멋대로 방황하는 차들이 많았다. 우리도 또 저 멍청이들의 대열에 끼어들다니…, 이제는 더 이상 지형지물도 없다. 나침반과 거리계기만 붙들어야 한다.

나는 처음으로
눈앞의 사막이 바다로 변해 버리는
신기루 현상을 보았다.

전방 수 km 너머는
푸른색이 도는 은빛 천지다.

불안 속에 계속 방향 130°로 주행. 그러나 길을 잃었을 때는 지표가 아무리 좋아도 달릴 수 없다.

391.30km. 방향이 맞았다. 고장 나 수리하고 있는 팀을 만났다. 프랑스가 자랑하는 220번 주자 페스까롤로의 차로, 차동 장치의 치명적 고장이라 한다. 경기를 포기하지 않으면 틀림없이 5시간 이상 페널티를 받을 것이다. 아깝다.

오늘 오후까지 우리에게 낙오 신고(X자 사인)를 해달라는 2대의 차를 보았고, 2대의 오토바이 중 1대는 불타 버렸다. 우리는 몇 쪽밖에 안 먹는 레이션과 비상 식품을 그들에게 나누어 주었다. 구조가 늦어질 때를 대비해 음식과 물만은 넉넉해야 한다.

467.50km. 막막한 사막 계속. 오후 8시 42분. 아직 240km나 남아있다. 두 번이나 길을 잃어버렸고, 그 바람에 4시간이나 허비했기 때문이다. 밤에는 절벽이 겁나 속력은 훨씬 떨어져 버린다. 오늘 밤 잠자기는 글렀다. 내일 아침 다음 구간 출발 시간 전까지만 도착하면 정말 다행이련만…. 엊그제부터 내일까지 내내 운전만 하면 80시간 동안 2시간밖에 자지 못한 것이 된다. 혹시 내일도 잘못하여 자정 전까지 도착 못 하면 또 잠을 못 자게 되고, 그때는 이 귀중한 경기를 포기해야 한다. 더 이상 눈떠 버틸 힘이 없다. 마음이 초조해지고 온몸에 땀이 솟는다. 내일에 달려 있다. 험한 노정이 문제가 아니라 잠이 문제다.

만약 여기서 포기한다면 내년에 내 나라 차와 팀으로 참가하려 한 내 포부는 허사가 되고, 나를 도운 국내외의 멋진 선배 친지들을 무슨 면목으로 마주하랴.

497km. 우리는 체력이 쇠잔해지고 무서운 졸음에 시달릴수록 거의

30분마다 운전석을 바꾸었다. 바람막이 모래산 옆에서 저녁 준비를 했다.

하늘에 별이 가득하다.
손을 뻗어 휙 저으면
후드득 떨어질 듯한 그 별 무리들은
사하라의 비밀스러운 전설을 들려줄 것만 같다.

알퐁스 도데의 별 이야기를
하늘로 떠올린다.
스테파니네 집 목동과,
이렇게 메커니즘 놀음에 젖어있는 나는
마을이 그립고
별을 신비하게 생각하는 마음은
똑같으리라.

사하라의 별은
신비롭고 아름답다.
낮은 인간을 성하게 하는 대지가
넓어 넓어 가다
바람이 불어가는 날 빛 끝으로
막아 버리는 하늘이
지평선에서 담을 쌓고
밤에는

별을 거느리고 오는 정결한 하늘을

심술궂은 땅이

반이나 가려 버리누나.

수면 부족은 주자들을 괴롭히는 또 다른 복병이다.
아, 실컷 잘 수 있다면….

사막에 내리는 어둠 속 집으로 돌아가는 아이들.

체크 포인트에서 출발에 앞서 다시 한 번 점검하는 주자들.

사막 속의 사막 떼네레

지옥의 랠리 여덟째 날

새벽 3시

별이 반짝이는 소리.

천지는 태고적 나를 보고 있다.

가스버너에 커피 물을 올려놓은 채 그 자리에서 우린 기절한 듯 그대로 잠들어 버렸다. 눈을 뜨니 3시간이 지나 있다. 개운한 몸은 놀란 토끼 모양새다.

560.30km. 400m 앞까지 비추는 우리 차의 헤드라이트 하이 빔 불빛 앞에 241번 주자의 차가 비참한 형태로 전복되어 있다. 단단한 모래 구덩이를 튀어 오르다 지표 안착에 실패, 그곳으로부터 150m 남짓 전후좌우 수십 바퀴 긁은 자국과 함께 차 모양은 형체조차 없다. 부디 경주자들이 살았길 바란다.

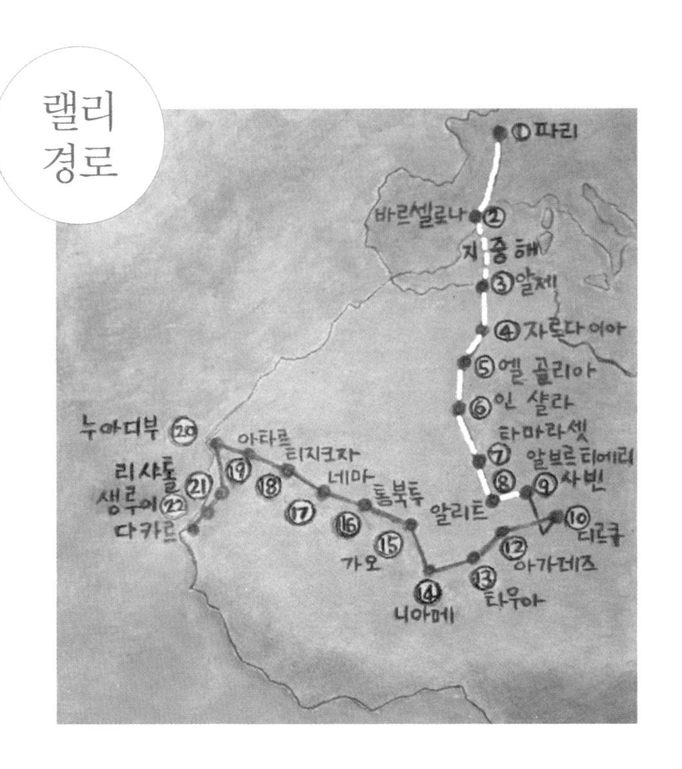

하늘에선 새벽별이 눈물방울처럼 초롱거린다.

아프리카의 하느님…!

605.62km.

사막 중간중간 가시나무가 한 그루씩

어둠을 휘감고 망연히 서 있다.

물도 없는 곳에 신기할 뿐이다.

우리 꼴은 어둠 속 도둑고양이 같다.

어둠과 바람은 그 도둑고양이를 피해

지평선 쪽으로 맹렬히 도망가고 있다.

680km. 방향 135°. 무한 시계.

태양이 쏟아지고 있다.

우리 차는 눈부신 광채의 사막 위로

패잔병처럼 피곤하게 굴러가고 있다.

멀리 도착 지점을 알리는

검은 타이어 표적물이 쌍안경에 들어왔다.

앗싸, 정확하다.

멋진 보물을 찾은 기분이다.

우리는 차 안에 둘러쳐진 구명 파이프를 두들기며

아이처럼 환호했다.

나침반 방향을 잘 잡고 있는 줄 알면서도 2시간 이상 지형지물이 없는 사막을 달리다 보면 마음은 불안해진다. 엉뚱한 방향으로 달리는 기분이 자꾸 들기 때문이다.

하늘 아침 속

별을 닮은 햇빛이 쏟아진다.

어디에서 조각난 모임

생명 빛을 다한 사막에서

이슬의 영감은

바람이

뚫어간 금빛.

이처럼 아름다운 것을

사막에 내리꽂히는 태양도 내 각오를 꺾진 못한다.

생성한 날을 사랑하여
내 무게가 별것 아니어
소리쳐 이쁜인 기쁨이여.

8시 14분. 알리트 도착. 급유와 레이션만 받고 바로 다음 구간으로 출발. 오늘 구간은 알리트Arlit-알브르 티에리 사빈Albert Tierret Sabin. 692km. 스페셜. 차 일반 점검을 못 해서 염려가 된다.

53.85km. 2개의 돌산 사이에 나 있는 지그재그 코스가 만만찮은 지세다. 우리는 얼른 차에서 내려 밑으로 기어들어가 충격 제동 피스톤(업소버) 4개를 급히 갈아 끼웠다. 도회지에선 몇 년을 타도 고장 나지 않는 완충 장치 피스톤을 거의 매일 갈아 끼워야 했다. 차가 얼마나 튀고 날고

충격을 받는지 가히 짐작할 수 있다. 만약 이 피스톤이 말을 듣지 않으면 차 하부 전체가 충격으로 내려앉을 수 있는 위험도 있지만, 우리에게 가장 중요한 '미끄러져 커브 돌기'에서 정확한 감이 오지 않는다. 갈아 끼우는 시간 41분 소요.

107.50km. 조그만 마을 앞을 지났다. 마을 어귀에는 새까만 사람들이 몰려나와 있다. 반은 입고 반은 다 내놓은 몸으로 모두가 맨발이다. 종일 먼지를 일으키며 지나갈 우리, 그대들이여 정말 미안합니다.

271.80km. 굴곡 심한 모래 표면을 만나 차는 기절할 듯이 소리치며 힘들어한다.

293km. 모래에 빠짐.

324km. 모래에 또 빠짐.

372km. 모래에서는 완전 정지를 하면 안 된다. 정지한 차가 조금만 잘못 움직여도 80~90%는 빠지게 된다. 일단 빠지면, 두어 번 빠져나오려 하다가 안 되면 더 깊이 빠지기 전에 삽으로 모래를 퍼내고 깔개를 깔아야 한다. 또 깊은 모랫길 공격 시 일단 차가 조금이라도 전진하고 있으면 절대 기어 변속이나 액셀러레이터의 눌림 강도를 줄이면 안 된다. 엔진이 깨지는 소리에 기죽지 말고 미미한 전진이 계속되는 한 끈기 있게 밀어붙여야 한다. 후우, 미치겠다. 목에서 단내가 난다.

483.20km. 마지막 체크 포인트에서 일본 경주 차 미쓰비시가 모래에 빠져 허우적거리고 있다. 태극기 달린 내 차가 도착하니, 부근에 있던 TV 카메라 기자들이 집중적으로 내게 몰려왔다. 차에서 내려 볼일을 보고 있는 내 등 뒤에까지 와서 촬영을 해 댄다.

"엇! 에잇, 뭘 찍어!"

나는 화가 치밀어 뒤돌아보며 소리쳤다.

"몽고족 오줌 누는 것 처음 봤소?"

"하하… 그래, 처음 봤소."

기자 놈 대답 한번 고약하다.

"사실은 그걸 찍은 게 아니고 당신 등에 쓰인 코리아란 글씨를 클로즈업했소."

나는 이미 많은 나라 기자들과 비박 장소에서 인터뷰를 했는데 대부분 유럽 기자들이었다. 그들은 예상외의 한국 팀 참가에 많은 호기심과 관심을 가졌다. 돈 많은 부자 나라들만 할 수 있는 경주라서 그럴 것이다.

한 기자가 묻는다.

"한국 차를 두고 왜 일본 차를 가지고 나왔소?"

할 말이 없다… 내 조국의 어느 자동차 회사가 나를 위해 차를 만들어 주랴.

하지만 나는 이 세계 최장거리 대회에 한국인이 참가한다 함이 자랑스럽고, 각국의 매스컴이 나와 태극기를 찍어가는 게 기분 나쁘지 않으니 본래 촌스러운 나이건만 제법 근사한 포즈라도 취해줘야지 싶다.

607.50km. 전진 방향 185°. 평균 시속 160~180km. 하늘에는 흰 구름이 세시(여인들의 얼굴 가리개)처럼 걸려 휙휙 지나가고 있다. 지금 우리는 동남부 사하라의 마지막 종단 코스를 죽을힘으로 달리고 있다. 내일부턴 사하라 횡단 8,000km가 시작된다. 오전 6시 43분 도착. 어제저녁 마지막 확인 장소인 비박 장소에 도착하지 못해 13시간 37분 페널티를 받았다. 어제 1위로 도착한 차와의 시간 차가 그렇다는 것이다. 그걸 합

니제르 기름장수들. 수천 km를 옮겨와 부르는 게 값이다.

산해 1위 주자보다 72시간 이상 차가 나면 강제 퇴장이다. 우리 차는 벌써 그 차이를 20시간을 넘겼다. 염병할….

수천 km 멀리에서 기름을 싣고 온 니제르 장사꾼들이 모래밭에 드럼통을 눕혀놓고 있다. 기름 200L에 4,600프랑. 엄청난 값이다. 그나마 선물을 주고 값을 깎은 게 그렇다. 여기는 주위 오아시스로부터 수백 km 떨어진 사막 한가운데이다.

지난해 대회 때 대회장 티에르 사빈 씨가 대회를 관장하던 중 헬리콥터

사고로 이곳에서 죽었다. 이 외딴 사막에 한 그루의 신기한 고목나무가 있는데 그 나무를 티에리 사빈 씨 나무로 명명하고, 그의 뼈를 이곳에 뿌렸다. 하여 그의 넋을 위로하기 위해 이곳을 8번째 코스 귀착점으로 했다. 나는 불이 올라오는 목구멍에 아카텔사(社) 비행기 냉장고에서 꺼내온 얼음 같은 찬 맥주를 단숨에 반병이나 삼켰다. 살 것 같다.

두고 온 봄

강물 옆으로 난 길에는
지금쯤,
하얀 꽃향기로 그윽할 거요.

무겁게 틀리어 오르는 검은 땅 밑
속절없이 받은 아픈 감명

연둣빛 숙명들은
아름다운 말 하리라.
그리워서 말이오.

온갖 무리들과
창과 고함으로
궂은 표창을 받으러 나온
싸움터
바람 부는 먼지 속
눈을 들어 태양을 올리면
내 속의 눈부신 헤매임 하루 하루

대기가 축축해지는 날

조금 내려진 마음은

진작 슬퍼져 있던 것이었소.

몰리는 안개와 비 사이

남은 허공으로

비집어 열어 가는 잿빛 맑은 노스텔지아

내 마음 지금,

하얀 꽃 피고 있는

그곳,

강물 옆으로 지나고 있소.

〈테네레 사막에서〉

사막 빛을 닮은 양 떼들이 그림 같이 자리한 사바나의 초원.

햇살 맑은 사하라의 아침.

사막별 사람들

지옥의 랠리 아홉째 날

모래바람

사빈 나무-디르쿠Dirkou. 총 주파 5,759km.

끝없는 갈대

아침 7시 기상. 충분한 수면을 취했다. 이삼일 자지 않고 먹지 않아도 견딜 만큼의 체력이 회복된 것 같다. 어제저녁이 고비였다. 만약 일찍 도착하지 못했다면 이미 한계 상황인 체력과 차 정비 문제로 오늘 대열에 들어갈 수 없었을 것이다. 이어 하루가 낙오되고 구간을 따라잡기엔 차라리 경기를 포기하는 게 나은 편이 된다.

아침 10시 11분 출발. 천지는 하늘과 사막뿐이다. 방향 160°. 거리 계기가 작동되지 않는다. 모래가 들어가지 않은 곳이 없어, 차의 모든 열쇠 구

랠리 경로

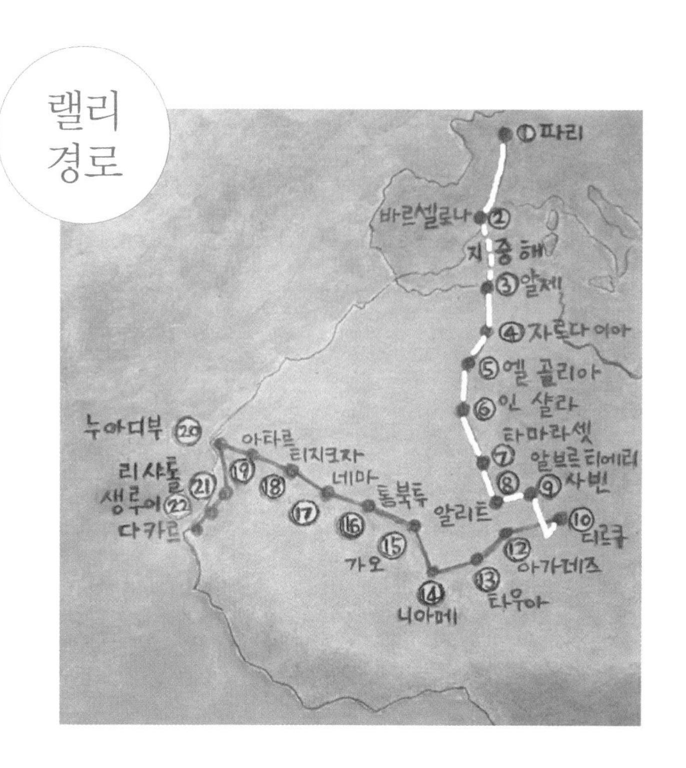

멍은 열쇠가 들어가지 않고, 차 안은 10년 먼지가 쌓여있는 듯하다. 엔진 쪽 기계도 모래로 몸살을 앓고 있다.

90km. 모래 상태가 깊어 계속 사륜구동 1, 2단 기어로 밀고 나갔다. 우리 차는 정상적인 길에서 1L로 3km 갈 수 있는데, 이 모래판에서는 50L로 100km밖에 가지 못한다. 엔진 RPM이 몇 시간 동안 계속 4,000회 이상 지속할 때도 있다. 알제리 코스에서는 많은 차가 험난한 지표로 부서졌지만, 니제르 코스는 깊은 모래 지표라 많은 차가 엔진 과열로 불이 나고 있다.

엔진 과열로 불타고 있는 차.

117.05km. NW-SE 방향으로 지나는 와디를 비껴 질러 달림. 모래 상태가 계속 지옥 같다. 끝없이 펼쳐지는 사막도 자세히 보면 가지각색이다. 모래톱의 촉과 방향이 다르고, 표면이 단단하거나 무르고 부드러운 것에서부터 콩알만 한 것까지, 어떤 것은 만든 것처럼 단단한 것도 있고 빛깔도 여러 가지다. 하얀빛에서부터 누런 것, 붉은 것, 분홍빛, 회색, 아주 새까만 것, 또한 광채가 나는 것도 있다. 그곳에도 이따금 생명의 끈이 존재한다. 온통 뿌리 덤불로 뭉쳐진 축구공만 한 머리 풀은 돌멩이처럼 단단해 그 위로 차가 달리기엔 여간 불편한 것이 아니다. 그런가 하면 아기 손바닥만큼 자란 키 작은 갈대가 끝 간 데 없이 펼쳐지기도 한다. 밟기조차 아까운 아름다운 곳이어서 꿈속을 나는 것 같은 스피드 감을 느끼게 한다.

170.20km. 모래 언덕을 타지 말라는 제롬의 주의를 받았지만 계속 가다 결국 빠지고 말았다. 지표가 단단하게 보여 2단 기어로 시속 60km로 밀어붙였으나 언덕 쪽으로 기어이 두 바퀴가 묻혀버렸다.

"넌 그렇다니까… 멍청한 놈. 넌 인마, 내장이 거꾸로 들어앉아 있을 거야."

못마땅한 제롬이 빈정거렸다. 깔개를 깔기 위해 모래를 쓸어내도 언덕에서 밀려드는 모래로 환장할 노릇이다. 소요 시간 17분.

189.45km. 방향 80°로 좌회전. 시속 160km로 유연하게 미끄러지던 차가 순간 꽝 소리와 함께 공중으로 솟았다. 땅으로 떨어지며 차는 몇 번이나 넘어지려 기우뚱거렸으나 그 와중에도 중심을 잡고 또 달렸다. 제롬은 이마의 땀을 걷어내는 시늉을 했다. 사막 지표보다 조금 올라와 있

는 편편한 바위 위에 바람에 쓸린 모래가 엷게 덮여 부드러운 둔덕으로 보인 것이다. 바람의 교묘한 속임수가 우릴 죽일 뻔했다.

아! 오아시스

모래, 모래…

214.44km. 로드 북에 나와있는 나무 한 그루와 샘이 나타나질 않는다. 주파 거리계기에 330km나 나오도록 헤매고 있다. 영락없이 또 길을 잃었다. 아직 예비 연료 탱크는 열지도 않았지만 120km나 방향을 잃고 쏘다니다 보니 염려가 된다.

이러다간 조난 당한다. 에라잇, 신기루 속의 샘과 나무란 말인가? 화가 끓어오른다. 엎친 데 덮쳐, 여태 괜찮던 사막 표면이 갑자기 물러 내리며 차가 빠져버렸다. 모래로 엷게 덮인 시멘트 빛깔의 흙구덩이다. 방향도 잃고, 차도 빠졌다. 지옥이다. 차 하부까지 바닥에 닿고 바퀴는 밀가루 속을 헛돌 듯하고 있다. 100m 거리도 넘는 그곳을 파고 깔기를 계속, 우리의 비박 잠자리 도구까지 바닥에 깔아가며 한 시간 넘게 사투를 하고 나니 제롬과 난 이미 사람 모양새가 아니다. 화산재를 뒤집어쓴 듯한 서로의 우스꽝스러운 모습에도 우린 아무도 웃지 않았다.

333km. 로드 북 포기. 모래 위에 지도를 펴고 현재 우리의 대강 위치 위에 나침반을 올렸다. 도착지 디르쿠까지 평균 직진하기로 했다. 가장 위험한 방법이다. 문제는 지도에 나타나 있지 않은 모래 산줄기와 절벽이다. 넘을 수 없는 모래 산은 산줄기가 끝날 때까지 수십 km, 더러는 100km도 넘게 따라가며 넘어갈 수 있는 공격 포인트를 찾아야 한다.

383km. 3개의 모래 산줄기를 넘었다. 모두 쇠못을 꽂아 당겨 올리고 깔고 밀었다. 보통 바람이 불어 올라가는 쪽 산 얼굴은 경사가 완만하며 그 뒷부분은 대부분 가파른 절벽으로 경사 40~70°까지 있다. 이때는 차가 고개를 완전히 처박고, 구르는 상태가 아니라 차라리 떨어지고 있는 상태인지라 심장의 피가 머리 위로 다 올라오는 기분이다. 이때 차가 넘어지지 않는 묘법 또한 핸들에 달려있다. 차 내부엔 직경 6cm의 둘러쳐진 보호 파이프가 있고, 세 겹으로 묶어진 몸과 머리의 헬멧으로 비록 그곳에서 몇 바퀴쯤 굴러도 다칠 염려는 없다. 물론 아슬아슬하여 간이 죄어오고 심장이 떨리긴 하지만.

425.20km. 긴 하루였다.

방향에 대한 불안감과 모래 산 공격으로

디르쿠 비박 장소에서 원주민이 터번을 만들고 있다.

완전히 지쳐버렸다.
서있을 힘조차 없다.

486km. 사막이 갑자기 꺼지고
그 아래로 작은 오아시스가 나타났다.
아, 오아시스…!
"오아시스에 도달했을 때 눈물이 나더라"고
어느 여행자가 말했지.
바람의 변덕과 무자비한 폭주,
태양의 잔인한 채찍질…
온갖 이야기를 두런거리는 사막의 밤하늘에
손 내밀어 닿을 수 없는
그 처연한 외로움을 인고한 사막이
저 홀로 감추던 눈물을 쏟아낸 것이
오아시스일까?
저곳은 길을 잃었거나
지친 나그네에겐 천국이려니.

눈과 코에 파리를 잔뜩 붙여 다니는 아이들이 우리를 보고 킬킬대며 웃고 있다. 내 꼴이 머쓱하여 샘으로 가 몇 두레박 물을 통째로 덮어썼다. 남은 레이션을 다 나눠 주어도 아이들 수에 모자란다. 노란 나를 신기한 듯 구경하고 있는 여자들을 나도 구경해 볼라치면 피부가 부드럽고 까만 그녀들이 밉상은 아니다. 내 숨어있는 비밀 속에도 아프리카의 연인은 일찍이 없었지….

526km. 도착 지점. 작은 오아시스에서 디르쿠로 가는 피스트를 타고 해 질 무렵 도착했다. 767km를 달렸다. 디르쿠 외곽 들판에는 낙타를 탄 사람들, 창을 들고 있는 아이, 어른들이 우리를 맞는다. 사람 꼴이 아닌 우리에게 다가와,

"무슈, 카도."

하고 외치며 손을 내밀었다. 선물 달라는 말이다.

마을에는 사람들이 몰려와 기름 드럼을 서로 팔려고 악을 쓰고 있다. 토산품을 들고 와 흥정하는 아낙들 표정도 수줍다. 이 먼지 세상에서 몇 그루 나무와 샘만 믿고 맨발로 사는 안타까운 인생들을 본다. 우리가 이곳에 오지 않았어야 했을 것을. 몇백 년 전부터….

윤동주 님의 시가 떠올랐다.

바닷가 사람
물고기 잡아 먹고 살고

산골엣 사람
감자 구워 먹고 살고

별나라 사람
무얼 먹고 사나

이 사막별 사람들은 무얼 먹고 살까….

사하라의 도둑, 영원한 아웃사이더 뚜아렉

우리 주자들이 다카르까지의 사만 리 여정 중 힘들어한 또 하나의 어려움은 경주 중 당하는 황당한 도난 사건들이다. 본래 사하라 사막의 인간 역사는 도둑질과 노략질의 아픈 역사가 가로지르며 시작되었다. 도둑들은 대상 무리에 중간에서 합류하여 며칠 같은 방향으로 가는 척하며 온갖 아부와 친절을 베푼다. 그리고 신뢰를 얻은 후 한날 밤 대상의 귀중품을 훔쳐 사막 어둠 속으로 사라져 버리는 것이다. 간이 큰 부족들은 긴 낙타 대상을 따라가다 밤이 될 때를 기다려 일시에 대상 무리를 덮치고 대상의 우두머리를 죽인 후 낙타와 낙타에 실린 물건, 여자, 낙타 몰이꾼까지 몽땅 노략질을 했었다.

뚜아렉 남자. 서구인과 아프리카인의 혼혈족처럼 보인다.

사하라 사막 주변 부족들 대부분이 그랬지만, 가장 대도는 뚜아렉으로 사하라 북부의 광대한 영역을 농사꾼의 논처럼 노략질 생계 영토로 여기고 살았다. 지금도 그들 사이엔 '잘 훔쳤냐?' '한 건 했냐?' 등의 인사말이 좋은 뜻으로 아직 쓰이고 있다 한다. 세상에….

경주 중 나는 사람이 있을 리 없는 사막 언덕 쪽에서 파아란 천으로 얼굴을 감은 뚜아렉 청년들을 만난 적이 몇 번 있었는데, 그때마다 새까맣게 잘 생긴 그들과 악수도 하며 음식도 나눈 적이 있었다. 나는 그들이 사하라 도둑의 자손인 줄은 알았지만 지금도 그 사막 판 도둑인 줄은 전혀 알지 못했다.

경주 도중 차에 문제가 생겨 차를 세워 두고 인근 마을로 도움을 청하러 갔다 오면 차는 형체만 남고 아무것도 없게 된다. 드라이버, 망치, 펜치로 떼어갈 수 있는 것은 다 없어져 버린다. 무인지경에서 시간상 도저히 훔쳐갈 수 없는 상황인데도 감쪽같이 차가 해골이 되고 만다. 심지어 간이 점점 더 커진 놈들은 고장 나지도 않은, 잠시 세워 둔 경주 차 2대를 통째로 훔쳐간 일도 있었다. 내가 모르고 음식을 나눠 준 그놈들의 짓이다. 선수 팀들이나 대회 본부 측은 이 문제로 골머리를 앓는다. 그렇다고 사하라 곳곳의 오아시스에 흩어져 살고 있는 본토인들을 우리가 어찌하랴.

이렇듯 다카르 랠리는 매일 다치고 죽고 퇴장당하고 도둑질 당하고… 지옥의 연속이다. 귀여운 오아시스 도둑놈들…!

자갈밭을 질주하는 주자들. 척박한 사막에도 생명이 드문드문 자리하고 있다.

내가 지난 사하라는 발자국마다 슬픈 눈물의 역사가 배어있다.

사하라의 눈물

지옥의 랠리 열째 날

양떼구름, 덥다

디르쿠Dirkou-아가데즈Agadez, 855km, 총 주파 6,614km.

히틀러와 롬멜

아침 8시 17분.

양탄자 같은 모래가 끝없이 펼쳐졌다. 하늘엔 양떼구름이 남북으로 갈리어 있고 눈부신 햇살. 어제의 지옥 같은 날에 비하면 고진감래 격이다.

평균 방향 270~280°. 사하라를 가로지르고 있다. 그간 많은 동료 주자들이 사하라 종단 중 사고와 조난으로 대열에서 떨어져 나갔다. 비박 장소에 도착하면 매일 세계적인 레이서들의 낙오 소식과 슬픈 얘기들이 들렸다. 이제부턴 스피드와 인내의 대질주다. 여기까지 버텨 온 우리와

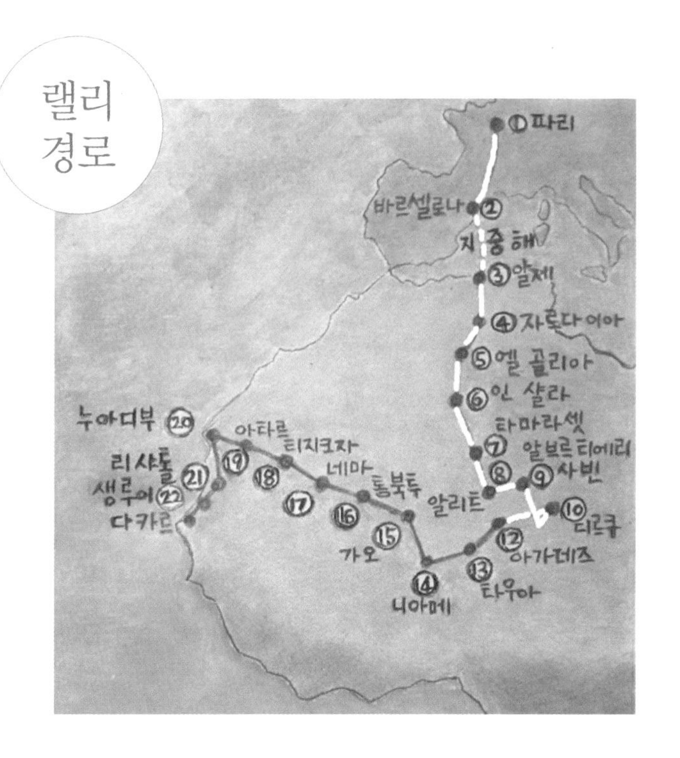

우리 애마는 햇빛과 푸른 바람에, 하느님께 감사한다. 아프리카 지역마다의 토속 신들에게도 감사 올린다.

나는 유럽에서는 예수님을 믿고 아랍에서는 알라신을, 극동 우리나라에서는 부처님을 열심히 믿는다. 소외된 이곳 그들의 토테미즘도 왜 믿으면 안 되랴. 그들 모두가 다른 지역, 다른 이름으로 똑같은 한 분을 나처럼 믿고 있으리라. 하느님을 명석한 머리로 찾아내 내 신만이 최고라 하면 그땐 싸움뿐이다. 그 때문에 중세 수백 년 동안 같은 하느님을 믿으며 싸워 수천만이 죽었다. 머리 써서 하

최고의 괴물트럭 타트라. 그들은 며칠 뒤 구렁에 빠져 사막 영귀가 되었다.

느님 믿다가 말이다.

124.05km. 초막 한 채 옆에 샘이 나타났다. 바위 밑으로 난 깊고 넓은 샘이다. 제롬에게 한 두레박 주니,

"빠르륵, 빡, 빡…."

하며 닭이 날개 털며 도망하듯 샘 주위를 돈다.

주위는 사막뿐이다.

203km. 모래 상태가 양호하여 차 안에서 레이션을 먹었다. 주행 시간의 대부분이 극도의 긴장 상태인지라 우린 종일 아무것도 먹지 못했다. 우리 주자들의 날카로운 긴장과 신경 상태는 달리 설명할 수가 없다. 그것이 장시간 계속되면 근육이 굳어오기도 한다. 그런 연유로 주자들은 다른 운동으로 체력을 보강해야 하고, 집중력 훈련을 따로 해야만 한다. 나는 집중력 단련으로 참선이 아주 효과적이라 생각한다. 달리면서도 우린 시간만 나면 차 안에서 쥐처럼 먹고 농담을 하고 욕을 해댄다. 생명 놀음을 하고 있는 대부분의 경주자는 폭넓은 유머 감각을 가지고 있고, 입은 험하다. 순간의 긴장을 풀 수 있는 자구책이자 모험을 좋아하는 사람들의 천성인 것 같다. 그래서 우리들 몇이 모이면 배우나 코미디언이 따로 없다. 서로들 5분도 못 돼 말을 놓고 십년지기처럼 된다.

242km. 수백 개의 부드러운 모래 능선을 파도 타듯 넘고 있다. 황홀하다. 카세트 속의 먼지를 털어내니 삐걱거리는 소리와 함께 로드리고 2악장이 흘러나온다. 제롬은 쌍안경으로 지형 관찰을 하고 있는 나에게 롬멜이라고 진작부터 부르고 있었다.

"진정 내가 롬멜이라면 넌 은근히 나보다 높은 히틀러가 되고 싶은 모

타트라 팀의 주자들. 다 어디로 갔나. 좋은 친구들이었는데….

양이구나. 네놈은 콧수염까지 길러 영락없이 히틀러야."

이런 빈정거림으로 가끔 사막이 웃을 만큼 엎치락뒤치락 한 번씩 모래판 사자놀음을 한다.

248km. 평균 방향 240°로 수정. 좌우는 모래 산줄기. 정면 80km 지점에 검은 산맥이 가로막고 있다.

시속 180km. 태양이 오르고 사막이 데워지면 쌍안경 사용이 점점 어려워진다. 아지랑이 현상으로 전방 5km 이후부터는 남태평양 뉴칼레도니아 군도의 수많은 모래섬처럼 푸른 바다 위에 산이 연이어 떠있는 모습이 되기 때문이다. 그 너머로 숲이나 마을이 보일 때도 있다. 신기루이다.

352.30km. 1번 체크 포인트를 지난 후 모래 산을 넘어가다 진퇴유곡. 뒤로 후진하며 맞은 편 둔덕으로 오르려던 차는 자꾸 후미가 틀려 내리며 사방이 막힌 구렁 아래로 밀렸다. 정면 오르막으로는 차가 오를 능력이 없어 왼편 30° 경사 둔덕 쪽으로 길을 만들었으나 그것도 실패. 아이쿠… 창자가 거꾸로 되면 환장이라 했지. 그걸 몇 번 하고 나니 속에서 불이 날 것 같다. 난리 지옥이다. 15m 아래 저 구렁 속으로 차가 내려가 버리면 모든 게 끝장이다. 움직여 보려 하면 할수록 차는 밀려 내리기만 한다. 아, 여기서 우리의 장정이 끝나야 하나! 그동안 여기까지 총 6,111km 주파했다. 200여 대의 차종이 이미 낙오한 것에 비하면 그래도 장하다. 하지만 차를 사장시키는 일은 상상만으로도 내 몸을 땅에 묻는 것 같다. 미치고 말거나… 여기까지 왔는데….

1억 명을 끌고 가다 죽였다

잔인한 왕이나 도둑들은 가난한 백성의 재물을 수탈했지만, 역사상 가장 잔인한 수탈이 사하라에서 일어났다. 아무것도 가진 것 없는 사람에게서 무얼 더 빼앗을 수 있을까? 그러나 사하라 사람들의 몸은 유럽인들에게 한 재산이 되기에 충분한 것이었다. 몸밖에 없는 불쌍한 사람들의 몸을 빼앗아 가는 것. 어찌하여 이웃 사랑의 성경을 손에 들었던 사람들이 그런 생각을 했을까! 그것도 원시 시대가 아닌 르네상스 운동(인간성 회복을 위해 다시 태어남)이 한창 무르익던 17세기 무렵부터 큰 하느님을 믿던 그 사람들이 말이다. 그들은 사하라를 터전으로 살아가던 천진무구한 마을 사람들을 짐승처럼 줄줄이 묶어 사하라 건너 북쪽 트리플

리 벤가지 해안, 동쪽 대서양 황금 해안으로 데려가 팔아넘겼다. 한 사람의 존재 가치가 흰 낙타의 절반 값이었다니…. 짐승보다 못한 값에 팔아넘겨진 것이다. 성직자들은 성경을 들고 왜 그들 마을로 갔던가? 성직자들은 왜 노예 장사꾼들과 함께 갔던가?

그들은 아직 답하지 않았다. 1억 명이라니…. 줄줄이 꿰어진 채 사하라를 가로질러 끌려가다 사하라에서 죽은 사람들이 말이다.

3백 년 세월, 한 맺힌 사람들.
잔인한 모래 위에 흘러 마른
사하라의 눈물은 또 얼마나 되었을까.
내가 호화로운 문명의 이기를 몰며
목숨 걸고 넘어가고 있는 이 수많은 언덕.
곳곳에 깃든 한 맺힌 원혼들에게
미안하고 부끄럽다.
아침 해가 떠올라 붉게 타오르고
모래가 데워지기 시작할 즈음
목이 말라 숨져 갔을 사람들.
만신창이로 아직 죽지 않은 채
대열에서 떨어져 갔을 그들.
무구한 검은 사람들에게 미안한 마음….

밧줄로 줄줄이 묶여 가시나무가 있는 평원을 끌려가는 노예들.

아침 커피 한 잔을 모래 위에 뿌려주고
나는 또 난리 굿판으로 달려 나간다.

마의 계곡

오도 가도 못하게 된 우리는 주위의 지형을 면밀히 읽고 의논한 후 비장한 승부를 걸었다. 여기서 끝나면, 대망의 다음 해 국산 차와 한국 팀의 참가는 수포로 돌아가게 된다. 내가 이 경주에서 쌓은 경험으로 작전과 전략을 만들지 못하면 우리나라는 앞으로 상당 기간 아무도 참가하지 못하게 된다. 또 나 같은 천방지축의 한국 후배가 나와 어려운 이 경주에 참가해 기술을 체득할 수 있을 때까지 이 파리-다카르 대회는 한국인에게서 멀어질 것이다. 복잡하고 난해한 경주 방법을 아무도 모르기 때문이다.

90분 동안 모래를 치우고 축대를 쌓고 길을 만들었다. 그리고 네 바퀴의 바람을 1kg 이하로 압력을 줄여 마찰면 접착을 최대화했다. 차가 25° 경사 둔덕만 거슬러 올라 준다면 마의 구렁 옆면으로 180° 타고 돌아내리는 반동으로 뒤쪽의 낮은 등성이를 타기로 했다. 지표에 줄을 그어 차의 진로를 표시해 두고, 제롬은 경사 위쪽에서 차의 후미 오른쪽으로 살얼음 밟듯 들어가 운전석에 앉았다. 나는 해를 보고 감히 쳐다볼 수 없는 하느님을 불렀다.

"바보같이, 그렇게 자주 부탁하다니 미안하지도 않아?"

면구스러웠다.

저속 사륜구동 1단. 차는 제자리에서 납작해진 타이어를 움직이기가 힘이 드는지 전신을 떨다, 맹렬히 모래를 뿜으며 틀리듯 오르듯 미끄러지는 사투를 하더니 낙타처럼 천천히 앞으로 움직였다. 차는 휙 아래로 몸을 돌리고 25°의 경사 옆면으로 내리더니 그 반동을 타고 능선을 향해 비벼 올랐다.

"하느님, 뚜아렉 족의 하느님… 감사합니다."

먼지와 땀범벅으로 만신창이가 된 꼴로 모래 언덕 꼭대기에 쭈그려 앉아 나는 구겨진 담배 한 대를 피워 물었다. 제롬의 모래 운전 솜씨를 칭찬해 줘야 할 것 같다. 내 효험 있는 기도를 여러 번 과용하게 한 것도, 절벽 앞에서 날 죽었다 깨어나게 한 것도 그였지만…, 위험을 무릅쓰고 차바퀴 바람을 뺀 것도 주효했다.

내 차를 살리고 나니 비로소 우리 주위에 수십 대의 차가 이 골짜기 오르막 곳곳에 빠져있는 것이 눈에 들어온다. 모두가 아우성이다. 서로들 도와 달라 소리치며 간절히 바라다 자기 차가 빠져나오면 뒤도 안 보고 내빼버린다. 의리도 덩달아 내빼버린다.

약 4km 언덕을 힘겹게 올랐다가 급경사에 내리꽂히고, 그 반동으로 오르고 미끄러지며 큰 모래 산줄기를 넘었다. 골마다 차들이 처박혀 있다. 일본 시티즌 팀도 거의 90°에 가까운 비탈에서 반동으로 공중에 튀어 올랐고 접지하며 앞바퀴만 갖다 찧어 바퀴 두 개가 찌그러져 내려앉아 있다.

"정열적인 키스를 했군. 입이 완전히 깨져 버렸어…. 이빨까지 말이야, 짜아식."

일본 팀을 향한 제롬의 빈정거림이 표독스럽다.

"넌 무슨 심보가 그러니? 이곳 사막 강도 놈들이 너보다는 낫겠다."

두 일본 경주자들은 나처럼 먼지 범벅을 한 채 이글거리는 태양 아래 쪼그리고 앉아 구조를 기다리고 있다. 그 참 측은하기 그지없다. 1초가 아까운데도 나는 제롬에게 차를 세우게 하곤 그들에게 다가가 손을 잡고 다친 데를 묻고 위로했다. 다른 나라 파일럿보다 일본 파일럿들이 낙오될 때 마음이 더 안됐다. 이제 그 젊은이들은 나의 멋진 경쟁자이고 동

연말엔 적금 타서 낙타를 사자던 가수의 노랫가락은 낭만적이다. 하지만 내게 사막은 죽음의 길목이었다.

정 가는 친구들이다.

지옥의 야간주행

해가 뉘엿뉘엿한 산줄기와 산줄기 사이의 와디를 50km나 달려왔다. 우리는 서로의 얼굴을 보고 낄낄거리며 흉을 보았다. 이젠 서울과 부산보다 먼 거리를 마르고 험한 강바닥으로만 밤새워 달려야 한다. 그리곤 또 엊그제처럼 먼지 속 지옥의 대접전을 벌여야 한다.

낯익은 해가 한 뼘 하늘에 남아있어
향수같이 아쉽고,

깊은 오지로 들어가고 있는
낯선 외로움을 억제할 수 없다.

56km. 260°로 방향 수정.
허물어져 내리는 돌산 사이의 와디에는
제법 마른 나무도 자라고
야생 낙타가 키를 재며 잎을 먹고 있다.
척박한 와디 안의 나무들은
서로 무슨 이야기를 하고 있는 것일까?
이상李霜의 시「꽃나무」가 생각난다.
저 마른 강바닥에서 끔찍이
생명을 포기하지 않는 나무들,
이편과 저편의 고만고만한 거리에서
목마름에 서있는 이유가 있을 것 같다.
저 몸짓과 침묵도
남모를 소통의 언어를
저희들끼리 건네고 있음이 분명하다.
그리고 우리가 요란스레 지나간 후 밤이 오면
그네들은 희부옇게 덮어쓴 먼지를 툭툭 털고
내밀한 생명 작업을 시작하리라.
사랑 말이다.

505km. 샘 하나로 산 아래 척박한 땅을 일구며 사는 토인 부락을 지났다. 그곳을 한참 지나, 차에서 내려 볼일을 보고 있는데 인기척이 있어

돌아봤으나 아무도 없다. 기분이 오싹하다. 조금 있다 또 소리가 나 뒤돌아 훑어봐도 아무도 없다. 후딱 돌아서 고함을 지르니, 몇 명의 아이들이 저쪽 나무 위로 잽싸게 숨어 올라간다.

나는 차에서 레이션을 꺼내와 나무 밑으로 다가갔으나 경계심을 품고 좀처럼 내려오지 않는다. 과자 몇 쪽을 갖다놓으니, 그걸 조심스레 주워 보곤 더 이상 도망가지 않는다. 나는 가만히 그들의 손을 잡고 어루만졌다. 나무를 깎아 바퀴까지 만든 장난감 자동차를 밀고 다니며 수줍게 시위하는 녀석도 있다. 가지고 온 헌 옷들을 나누어 주며 아이들 얼굴을 자세히 보니 어둠침침한 속에서도 참 섬세하게 잘생겼다. 손과 맨발은 굉장히 두꺼운 각질이 생겨 있다. 학교도 없는 이 아이들이 갑자기 가엾은 생각이 들었으나 마음 한편으론,

도토리 같은 부족 마을.

"이놈아, 네가 더 불쌍한 놈일지도 몰라. 저 애들이 아무것도 모르는 것처럼. 게다가 넌 아무 데나 대고 오줌을 싸듯, 아무 데나 대고 너와 비교해 보려는 교만함까지 있는 놈 아니더냐."

나는 자책하며 고개를 흔들었다.

567km. 밤과 오지 속으로
계속 들어가고 있다.
바람 없는 골짜기 굽이마다
우리가 일으킨 먼지로 시야는 막혀있고
얼마 전에 지나간 앞차의 먼지는
시계 10m도 열어주지 않는다.
우리 차는
칠흑 같은 어둠도 대낮 같이 밝히고
시속 170km까지 달릴 수 있건만
흙먼지로 더럽혀진 밤은
하이 빔을 켜면
오히려 먼지가 반사되어
시계 제로가 되어버린다.
깊은 모래와 박힌 돌덩이,
라디에(깊은 구덩이)와 크레바스의 연속,
이곳은 완전한 지옥이다.
강 양편은 험한 골짜기와 울창한 숲….
이 강바닥 밖으로
도망칠 길이 없다.

아직도 300km가 남았는데
내 나약함과 무능함이
마음을 짓누른다.
멈출 수도, 달릴 수도 없다.

이럴 때 고장이 나거나 차가 빠지게 되면 참으로 큰일이다. 굽이굽이 오지 속으로 뒤틀려 들어가는 와디 숲 너머에는 토인 부족 마을이 군데군데 늪 속의 아나콘다처럼 숨어있다. 그들은 아직 창을 들고, 옷을 입지 않고 있다. 현대 문명과 차단된 채 태고적 삶을 그대로 영위하고 있는 사람들이다.

멀리 보이는 숲 속 넘어 지펴진 불빛을 지나칠 때마다 먼지 가득한 입 안에서 마른 침이 넘어간다. 생명을 내건 원시 속 모험에 대한 동경으로 이 대회에 참가하고 있으나 이 오지 속에서 혹 자동차 고장이나 사고로 차가 멈추게 될 때, 이 부근의 적개심 강한 부족이 앞을 가로막으면 자동차 경주는 차후 문제이다. 우선 삶과 죽음과 문명에의 회귀 여부는 마을 추장의 심판에 맡겨진다. 그런 위험은 달리고 있는 와중에도 마찬가지다. 깊은 모래와 웅덩이 상태는 갈수록 험해지고, 먼지 속에서 우리의 시력과 체력은 점점 바닥으로 가고 있다. 마른입 속은 열기와 모래 먼지로 버석거린다. 차가 벌써 세 번이나 크레바스에 곤두박질치며 빠졌다 나오기를 되풀이했다. 차 앞쪽이 깨진 것 같지만 그건 문제가 아니다. 우선 이 곳을 빠져나가야 한다. 원시 부족 마을에 보름이나 잡혀있다 구출된 주자의 이야기로 제롬과 난 간이 쪼그라들었다. 그래도 그들이 살아 돌아왔으니 다행이다.

사막의 밤을 두런거리는 부부.

우린 차의 모든 불을 끄고

머리 전등만 비춘 채

모래를 퍼내고

깔개와 담요를 깔았다.

시간이 지나자

조급함은 사라지고

겁조차 없어져 버렸다.

오히려 멀리 숲 넘어

들짐승을 통째로 끼워 불을 지피는 듯한

그들 초막 주위로

마음이 맴돌며

불과 원시에로 치닫는 향수를

억제할 수 없다.

아침 햇살이 정겹다. 창을 들고 있는 아이도 보인다.

마을로 들어오는 대상의 무리.

아가데즈 시장

지옥의 랠리 열한째 날

맑음

물물교환

오늘은 22일 간의 장정 중 쉬는 날이다. 엇그제 9일 날 돌아오지 않은 차 중 6대는 완전히 사막으로 사라져 버렸고, 수많은 사고자는 응급조치와 수술 후 유럽으로 후송되었다. 오늘 아침 현재, 37대의 차가 어제 코스에서 귀환하지 않은 상태다. 그동안의 각종 사고와 낙오로 우리들 대열에서 빠진 차가 백여 대를 넘고 있다. 정확한 집계는 아무도 모른다.

이런 난리 와중에도 나는 이곳, 아가데즈 읍 최고 큰 호텔에서 늦잠을 자고 일어났다. 어젯밤 마의 계곡, 장장 500여 km의 마른 강 바닥을 주파해 낸 일은 지금도 끔찍해 소름이 돋지만, 유럽에서 랠리 경주를 해온 내 경주 경력에 하나의 금자탑을 쌓은 기분이다. 내가 그동안 해온 3, 4일

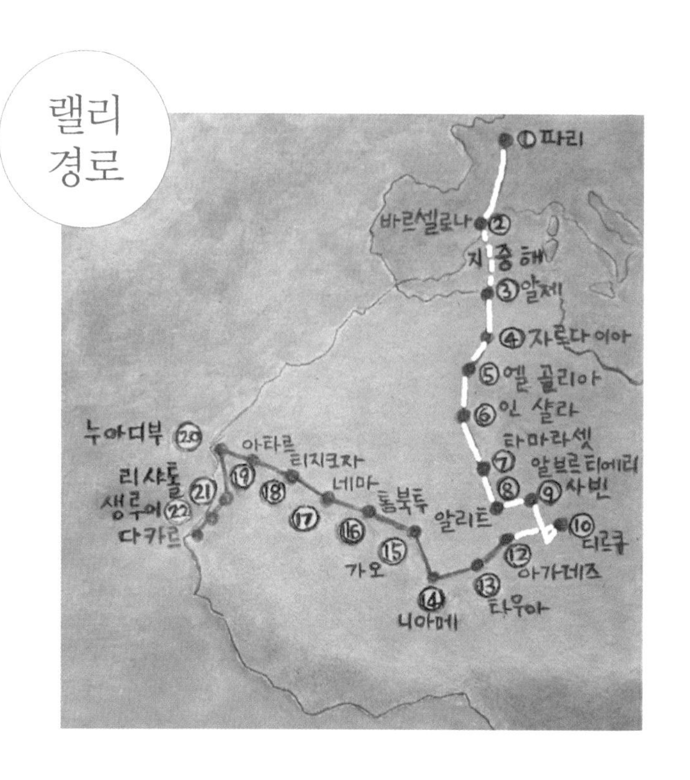

씩의 랠리 대회는, 그것도 매번 생명을 건 것이었지만, 이 지독한 경주에 비하면 그건 동네 경주에 불과하다. 가슴 졸이며 부족들 마을을 밤새워 지나온 일은, 웃지도 후회할 수도 없는 처절함 그대로 내 인생의 한 이정표로 남을 것이다.

이후에 안 사실이지만 제롬과 내가 택한, 갈려진 와디의 코스는 가장 험준했던 곳이다. 밀가루 같은 강바닥 모래는 좁은 강폭이 모자라 하늘로 하늘로 치솟아 오르고 앞을 가늠할 수 없는 짙은 먼지와 길고도 긴 밤의 행로는… 차라리 지금도 꿈이었으면 좋겠다. 아직 그 강바닥 굽이굽이를 빠져나오지 못한 주자들을 생각하며 그래도 HOTEL이라는 간판이 붙은 집(황토집이긴 하나)에 누워있음이 을씨년스럽다. 뒷간 같은

아가데즈 시장.

샤워장이지만 뜨거운 물이 나왔다. 아! 모래 바닥이 아닌 침대에서 잠도 자고…. 파리를 떠나 처음 맛보는 문화 회귀의 행복감에 젖었다. 어제의 와디 500여 km 포함 885km 경주 코스를 오늘 새벽 4시 43분까지 주파해 낸 일이 아직도 믿기지 않는다.

이제 곧 말리로 넘어가게 되면 그곳에서 다시 모리타니아다. 서쪽으로 서쪽으로 해만 쳐다보며 나침반 270° 부근을 헤매야 하는 횡단 코스다. 특히 모리타니아의 사하라 횡단 3코스는 마의 코스라 칭하는 곳으로 이 대회의 절정을 이룬다.

갈수록 험난해지는 여정.
어디만치에서

나와 내 차가 주저앉을 것인가?
상상이라도 나는 생각지 않으려 애쓴다.
우리의 체력, 차의 메커니즘, 순간의 지형과 속도,
전복… 조난…
그 모든 것을 다 해결해 낸다 해도
운이 따르지 않으면 안 된다.

그러나 나는 갈 것이다, 다카르까지.
기필코 대서양에 내 몸을 적시리라.
일본 사람이나
구미 사람들과의 경쟁 문제가 아니다.
야심 차고 공격적으로 끓는
한국인 내 피와 오만함을
그 무엇도 꺾은 적이 없었는데,
이 욕망의 불덩어리가
원시 속에 남은 이만 리 길을 못 가고
주저앉아야 한다면
그것이 문제다.
병약한 햄릿의 그런
죽느냐 사느냐 문제가 아니다.

나는 애써 잡념을 물리치고 보조 트럭 요원들과 오후 내내 정성 들여 차의 모든 부분을 정비하고 물로 닦아 냈다. 그리고 해 질 무렵 읍내 난장판 시장 구경을 나갔다. 시내의 집들은 대부분 토담집으로, 길 쪽으로 나들이 문 하나뿐 창이 없다. 작은 아이들은 몰려다니며 선물을 달라 조르고, 키 크고 새카만 사람들이 큰 칼들을 가지고 다니며 반 강요로 물건을 사라 할 땐 자못 경계심이 갔다.

더구나 제롬은 나를 데리고 이 난장판 속의 으슥한 골목으로 한참 돌아들어 가 민속 액세서리 가게로 갔다. 묘하게 서로 고함을 지르며 값을 흥정하고 있는데 부르는 게 값이고, 깎는 게 값이다. 이곳 처녀들이 시집갈 때 목에 찬다는 아가데즈 수호신 목걸이를 몇 개 고르고 있는 나를 제롬이 가로막았다.

"이 촌놈 가만있어, 인마. 내가 흥정할 테니 넌 호주머니나 조심하고 있으라구."

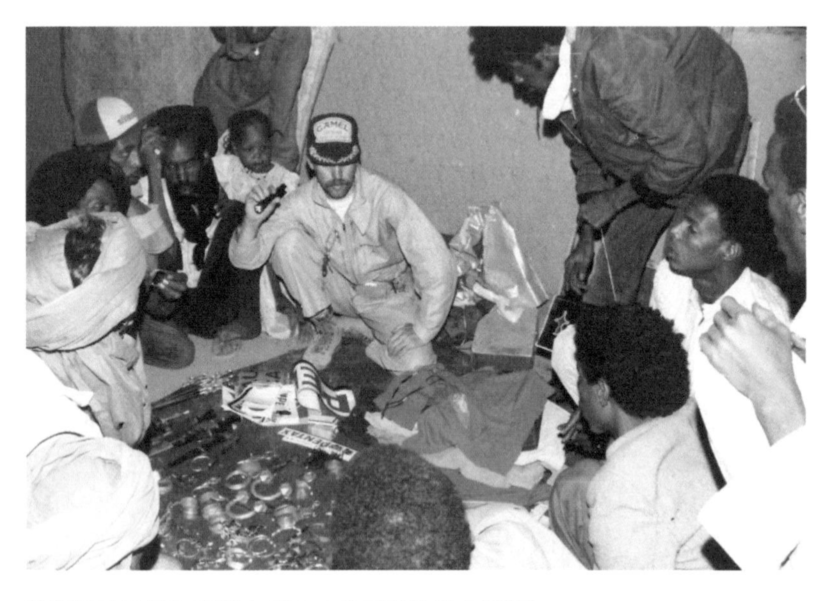

액세서리를 헌 옷과 거래하는 제롬. 순은 장신구들이 놓여있다.

그리고 그는 주인이 고개를 흔들 때마다 가지고 온 헌 옷과 약을 한 점 한 점씩 더 꺼내 얹어놓으며 물물교환을 한다. 나는 이 희한한 광경에 제롬의 얼굴만 쳐다봤다. 우리가 가지고 온 헌 옷은 그들에게 평생 입을 한 재산이다. 신기한 흥정 싸움을 끝내고 물건을 내게 건네주는 제롬의 이마에 땀방울이 흘렀다.

아가데즈의 달밤

어스름 밤이 오고 있다. 제롬은 다시 나를 데리고 골목 몇 개를 지나 이곳에 사는 그의 옛 친구 집으로 갔다. 거리 쪽으로 난 문을 통과해 안으로 들어가니 여러 채의 토담집이 붙어있고, 많은 사람이 대가족을 이루고 살고 있다. 달빛이 붉은 토담 벽을 비껴 내리고, 안쪽으로 난 마당에는 아낙들과 아이들이 흙바닥에 그대로 주저앉아 나지막이 노래를 부르고 있다. 우리가 마당으로 들어서자 아낙들은 웬 동양인의 얼굴에 놀란 듯 노래를 멈추었다. 그들은 밤빛에 나를 더 자세히 훔쳐보면서 수군대며 키득거린다.

"야뽀네(일본 사람)…", "기네지(중국 사람)…."

나는 웃으며 그들에게 다가가 손가락을 가로저으며,

"…No. non…. 저 수이 꼬레앙(나는 한국 사람)."

이라고 몇 번을 일러준다

"꼬레? 꼬레앙?"

하며 고개를 갸우뚱거린다. 한국을 모르는 것 같다.

제롬의 친구라는 사람은 칠순 노인으로 몸져누워 있었다. 우리는 컴

평원 먼지 속 아득히 자리 잡은 가시나무들.

컴한 그의 방 안으로 들어갔다. 퀴퀴한 냄새가 마음을 더 무겁게 한다. 누워있던 노인이 자리에서 힘들게 일어나자 제롬은 그의 몸을 부축해 앉히며,

"아이코 모하메드…. 왜 이래… 응? 바보같이 아프긴…."

못된 놈…. 제롬은 나이 많은 그 노인네를 아이 다루듯 하며 말을 놓는 것이 아닌가? 병색으로 검은 그림자가 얼굴에 가득한 노인은 애써 웃으려 하며 우릴 바라보았다.

"이놈은 경주 짝궁 한국 사람이야…. 기네지처럼 노란 놈이야, 히히."

나는 제롬이 정말 못된 놈으로 한 방 쥐어박고 싶었으나, 나도 애써 웃는 얼굴로 노인에게 정중히 인사를 했다.

얄미운 놈…. 조금 전 시장판에서 그렇게 깍쟁이로 불쌍한 장사꾼에게

값을 깎아대던 놈이 그의 친구라는 노인네에겐 간드러진 목소리로 얼리고 껴안고…. 기생 자릿저고리 같은 놈. 그리고 가지고 온 새 옷들과 귀한 항생제 등의 약품을 몽땅 내놓는 것이 아닌가? 약을 먹는 요령과 적용 병을 하나하나 얘기하고 혹 노인네가 못 알아들었을까 봐 또 고함을 치며 용법을 알려주었다. 나도 가져간 우황청심환을 다 내어놓았다.

"모하메드… 야…. 너 죽지 마… 응?"

"다음에 올 때까지 꼭 살아있어야 해…. 알았지 너?"

아쉬운 작별을 하고 밖으로 나오니 달빛 아래 마당에선 아직 아낙들의 노래가 들린다. 아주 단순한 가락의 노래를 한 아낙이 선창을 하고 나면 남은 아낙네들이 뒤따라가며 부르고 있다. 옛날 우리 할머니들이 앞섶에 아이를 안고 몸을 흔들며 부르던 구성진 그런 노랫가락과 똑같다.

그날 저녁, 호텔에서 구운 양고기 다리와 맥주로 제롬을 초대했다. 먼지로 저며진 입속이 호사를 다한 음식과 술로 풍성해졌을 무렵, 웬 사람이 내게 다가와 인사를 했다. 말쑥한 검은 옷을 입고 낮부터 호텔에서 설치던 친구였는데, 식사 테이블에 다가와 한국식으로 공손히 절을 하는 것이 아닌가? 자신을 경찰이라 소개한 그가 내민 명함을 보니, 그는 정보 경찰 요원이다. 아하! 그래서 오늘 낮에도 호텔 종업원들이 모두들 이 친구 앞에서 기를 못 펴고 있었구나. 나는 좀 불편한 어조로,

"웬일이오?"

하고 물으니, 자기는 태권도 파란 띠인데 니아메(니제르 수도)의 자기 사범이 최 아무개라며, 오늘 낮부터 한국 태극기를 몸에 붙인 나를 유심히 보았지만 정작 내게 인사할 기회를 못 찾았다 한다. 깨끗한 불어를 구사하던 놈의 말씨조차도 거슬렸던 그가 갑자기 형제처럼 살갑게 다가왔

다. 오늘 종일, 멀리서 나의 일거일동을 지켜본 이 친구에게 상당히 성가신 기분이 들었는데… 듣고 보니 기분 좋은 일 아닌가? 이 먼 곳까지 우리 태권도가 와 있다니…. 혹시 내 소식 듣고 온 북한 대사관, 그런 놈이 아닐까 몸을 사리고 있는 터였는데 말이다. 나는 그를 테이블에 오게 하고 맥주와 양고기를 한껏 더 시켰다.

그는 다음 날 내가 떠날 때까지, 그의 아랫사람들과 함께 온 성의를 다해 호텔에 머문 우리 일행과 대회 조직 임원들을 위한 모든 편의를 봐주었다. 고마웠다. 떠나오면서 나는 그의 땀 배인 검은 뺨에 입맞춤해 주었다…. 아디오 사스…!

꿈꾸듯 움직이는 낙타의 행렬.

모래가 깊어 체크 포인트에서 멈췄다 다시 출발하긴 정말 힘들고 위험한 일이다.

모래사막보다 힘든 니제르 평원

지옥의 랠리 열두째 날

사막 열풍, 무한 시계

아가데즈Agadez-타우아Tawa, 518km, 총 주파 7,132km.

사바나

아침 5시 기상. 더위와 모기에 잠을 설쳤다. 차 일반 점검. 연료 280L. 계기 작동 오케이.

비박 장소인 구간 출발 체크 포인트를 떠난 10분 후부터 도도한 평원이 펼쳐진다. 알제의 북 사하라로부터 줄곧 종단해 내려온 우리는 서서히 방향을 틀어 이제 아프리카 서해안, 대서양을 향해 횡단 코스로 접어들어 가고 있다. 오늘 우리가 지나는 이곳은 사하라 남부에서 적도까지 전개되는 대초원 지대다.

깊은 모래, 몇 시간을 달려도
계속되는 초원에는
아프리카 거인의 머리털 같은 억센 풀과
띄엄띄엄 가시나무가 늘어서 있다.

이따금 나타나는 샘 주위에는
목동과 당나귀가 그림 속 같이 머물러 있고
낙타와 양 떼가 주위에 흩어져 있다.
대부분 초식동물이 그렇듯
가만히 있어도 하느님이 복 준 얼굴이다.
황무지에는

가시나무 평원을 달리는 이륜 주자들.

큰 동물들이 죽어 뼈만 고스란히 남아있고
사람의 손이 가지 않은 니제르 평원은
죽은 듯이 살아있다.

오전 11시. 오늘 코스는 유럽 포뮬러 스피드 경주 선수들에게 유리한 코스다. 시계가 열려 있고 피스트 상태가 붉은 땅으로 좋아지고 있어 트랙 선수들은 그간 헤매다 잃어버린 시간을 단축하려 사력을 다해 달리고 있다.

"미친놈들…"

또 제롬의 독설이 시작된다.

"저놈들 오늘 또 몇 놈 비행기 타겠구만."

또 넘어져 유럽 병원으로 후송된다는 말이다.

정확한 회전각을 잡지 못하면 이런 곳에서도 뒤집힌다.

"야 인마, 로드 북이나 잘 봐…. 우린 뭐 별놈이냐?"

우리들 일행 중 예닐곱 명은 트랙을 도는 포뮬러 경주에서 세계적 명성을 가지고 있는 선수들이다. 포장 서킷 달리기만 하던 그들 대부분은, 깊은 모래와 구렁텅이에 빠져 고전을 면치 못하고 있다.

110km. 초원의 고른 땅 위로 절로 생긴 피스트의 상태가 좋아 평균 시속 150~200km는 족히 유지할 수 있는 코스이다. 하지만 이 초원 어딘가에 자연 웅덩이가 숨어있을지 모르는 일이고, 속도가 있는 차는 항상 속도 그 자체가 모든 위험을 다 껴안고 있다.

154km. 초원, 초원. 지표가 모래로 변하고 있다. 커브를 돌 때마다 10m 이상이나 차가 바깥으로 밀린다. 그런 피스트에서 가시나무와 바오밥 나무를 피해 가려니 차는 좌우 20m 이상 드리프트(차가 커브 중에 옆으로 튀는 상태) 되는 미끄러짐으로 아예 왈츠를 추고 있다. 자동차 경주

의 묘미는 뭐니 뭐니 해도 속도를 줄이지 않고 정해진 회전각을 정확히 타내는 것이다. 속도와 회전각, 지표 상태 계산에 주자의 착오가 있으면 차는 수십 바퀴를 뒤집히며 100m 이상 굴러가 버린다.

198km. 피스트를 잃어 샘가의 목동에게 방향을 물었으나 천진난만한 웃음뿐 말이 없다.

"어이… 갸쏭(소년)…. 길…, 길 말이야…. 길, 가는 길 말이야…."

나는 타는 속으로 또 둥글게 지붕을 그리며,

"빌리지… 빌리지(마을) 말이야…. 어디로 가냐구…?"

아, 환장한다. 소년은 여전히 미소만 지을 뿐이다. 나는 애꿎은 제롬에게 고함을 치며 화풀이를 해댔다.

"야, 이 돌머리야, 차 빼…! 되돌아가…! 메르드(똥 대가리)!"

우리는 갔던 길을 40km나 아깝게 되돌아 나와 방향을 30°나 우측으로 수정하여 초원을 가로질렀다. 차바퀴 흔적도, 피스트도 없는 곳의 가장 위험한 질주다. 잿빛 고라니 같은 두 놈이 우리 차 진행 방향으로 앞질러 도망하고 있다. 시속 140km 이상으로 거친 초원을 달리는 괴물은 순식간에 그놈들을 따라잡아 지나쳤다.

답답하고 막막하다. 가던 방향을 30°나 수정해 가고 있는 이 길이 정말 친 타바라텐 마을로 가는 방향이 아니라면… 우린 조난이다.

사막 위의 조개 화석

길을 잃은 나와 제롬은 두려움에 말을 잃은 체 서로 쳐다보지도 않고 아무 흔적도 찾을 수 없는 초원을 내달리고만 있다. 로드 북 읽기도 포기

길을 잃고 낙담해 있는 제롬
(등을 돌리고 있는 사람).

했다. 로드 북 안내를 벗어난 곳에서 그건 무용지물일 뿐이다.

"갓떼-뭇… 마다 빠…!"

나는 차 안이 울리도록 숨통 터지는 고함만 질러대고, 제롬은 얄밉게 실눈으로 내 눈치만 살필 뿐 속도도 내지 못하고 계속 앞으로 나아가고 있다.

"야… 우리 지금 거꾸로 가고 있는 것 아니냐? 디아블(악마 같은)!"

제롬은 어깨를 들썩이며 주둥이만 삐죽 내보이고는 말이 없다.

"불캉(아주 나쁜 욕. 해석 포기)! 이디엇(바보, 멍청이)!"

내 지독한 욕을 참을 수 없었는지 드디어 제롬이 말문을 텄다.

"넌 인마, 프랑스 놈들보다 더 나쁜 놈이야. 뭔 욕을… 욕만 배웠냐?"

"야 인마… 액셀러레이터 밟아, 잔말 말구…! 이게 가는 거냐?"

제롬은 방향을 잃고 하는 운전에다, 내 산만한 욕에 소 죽은 넋을 덮어쓴 양 속도를 시속 60km도 내지 못하고 있다. 제롬과 핸들을 바꾸고 30분쯤 지났을 때 제롬이 마치 땅 냄새라도 맡듯 킁킁거리며 멀리 앞에 나타난 큰 나무 한 그루와 로드 북을 번갈아 보았다.

"야! 피스트야… 피스트…! 우리가 맞았어!"

로드 북에 나와있는 198km 지점. 큰 고목이 나타나며 차들이 지나간 흔적이 나타났다. 제롬은 비상 망치로 생명 바(차 안에 둘러쳐진 구멍 파이프)를 두들기며 좋아 어쩔 줄 모른다. 아! 줄곧 옥죄어 오던 숨통이 이제야 트이는 것 같다. 우리 차의 주행계기는 320km. 약 120km를 헤맨 것이다.

216km. 모래 피스트를 돌다 나무에 차 엉덩이가 또 부딪혀버렸다. 제롬이 실눈으로 나를 째려보았다.

"괜찮아… 몹쓸 여자야…. 버릴 여자 말이야(불어는 명사에 성sex이 있고, 차는 여성으로 그 여자'라고도 할 수 있음)."

308.30km. 종일 달리며 우리가 유일하게 하는 인간 행위는 오줌 누는 일뿐이다. 그리고 그 시간만이 유일하게 허리를 펴보는 기분 좋은 순간이다.

평원의 낮은 암석층으로 올라 우린 차에서 내렸다. 그런데 놀랄 일이다! 볼일을 보고 있는 발아래 돌들이 조개가 아닌가! 눈을 의심하며 주워 보니 대부분 돌조각의 형체가 완전한 대합조개, 고둥, 빗살무늬 조개, 불가사리, 성게로 조개 하나를 집어 드니 묵직한 돌이다. 놀라움에 나는 잠시 암석층에 붙어 그걸 줍느라 정신이 빠졌다.

수억 년 전 태고로 날아가
바람 맑은 바닷가에서 나는
조개 줍는 화석인의 꿈을 꾸고 있다.
인간 삶은 물론,
우리가 가진 수천 년 역사가
이 화석 밭에서는 무색해진다.

아하! 미국도 중국도 그리고 우리나라 경주 불국사도
언젠가 한 번은 바다로 내려가 버리고 말겠구나!
이 사하라가 옛날에 바다 밑이었듯이….

언젠가 내가 미케네 문명권인 크레타 섬 정상에서 조개 화석을 주웠을 때의 감회는 아무것도 아니다. 그곳은 활화산 지대로 섬이 꺼지고 바다 밑이 튀어 오를 수 있겠지만, 이 아프리카 대륙 중심부 사하라 사막 남쪽이 바다였다니….

멀리 후미에서 검은 연기를 내뿜으며 불타고 있는 차가 눈에 띄면서 이런 내 감회는 후닥닥 사라져 버렸다.

가자…!

오후 6시 51분. 친 타바라텐 마을 체크 포인트 통과. 모래판에는 수백 명의 토인이 몰려와 도착하는 우리를 구경하고 있다. 그들의 차림새를 보니 마음이 안타까워 옴을 어쩔 수 없다. 쌍둥이 같은 아이를 서너 명씩 데리고 흙먼지 판에 앉아있는 여인들, 아이들은 눈과 코에 달라붙는 수십 마리 파리 떼를 쫓는 것도 포기한 채 그것들과 같이 다니고 있다. 이

모든 눈앞의 것들을 아프리카 전통적 삶의 형태라고 봐주기엔 억지감이 간다. 그것들은 어디까지나 문명 속에 사는 우리들의 사치스러운 단어일 뿐이다.

그러나 이곳은 우리가 사는 곳보다 놀랍도록 맑고 깨끗하다. 넓은 초원과 사막이 그러하고, 밤은 천 배나 정결하고 아름답다.

동화 속 이야기 같은 밤톨 집.

오늘은 하늘 수박 밭 사이에 자리를 폈다.
침낭 속에 드니 마침 보름달, 지친 심신이건만
잠을 이룰 수 없누나.

여윈 얼굴의 골을 타고 넘쳐 내리는 달빛을랑
바람이 설레어 건어 갈 때마다
다시 뜨이는 눈.

달이 부시누나.
이편에 하늘 수박이 달빛에 밀려
등 너머로 막 굴러가고 있다.

우리가 지나는 길목에 마을 사람들이 나앉아 있다. 약을 얻기 위해서다.

경주 내내 나를 다독여 준 자랑스러운 태극기. 모래바람에 닳고 찢어져 버렸다.

니아메의 긴 밤

지옥의 랠리 열셋째 날

맑고 건조

타우아Tawa-니아메Niamay. 600km. 총 주파 7,732km.

차도, 사람도 만신창이가 되어

오늘은 니제르의 수도 니아메에 입성하는 날이다. 잔뜩 기대된다. 아침 6시 기상. 몸 상태가 좋지 않다. 어깨에 맷돌을 올려놓은 듯 몸은 무겁게 쳐지고 계속 눈이 감긴다. 어제저녁, 이곳 토인들이 구운 양고기를 먹은 게 탈이 난 것일까? 모기에 많이 물려 뇌염 증세 같기도 해 걱정스럽다. 아니면 그동안 쌓인 과로로 내 몸이 기어이 반란을 일으킨 것일까…? 아무튼 죽고 아픈 건 두고 볼 일이다.

아침 9시. 46.80km 지점에서 정북 방향으로 수정, 얼마 후 계속

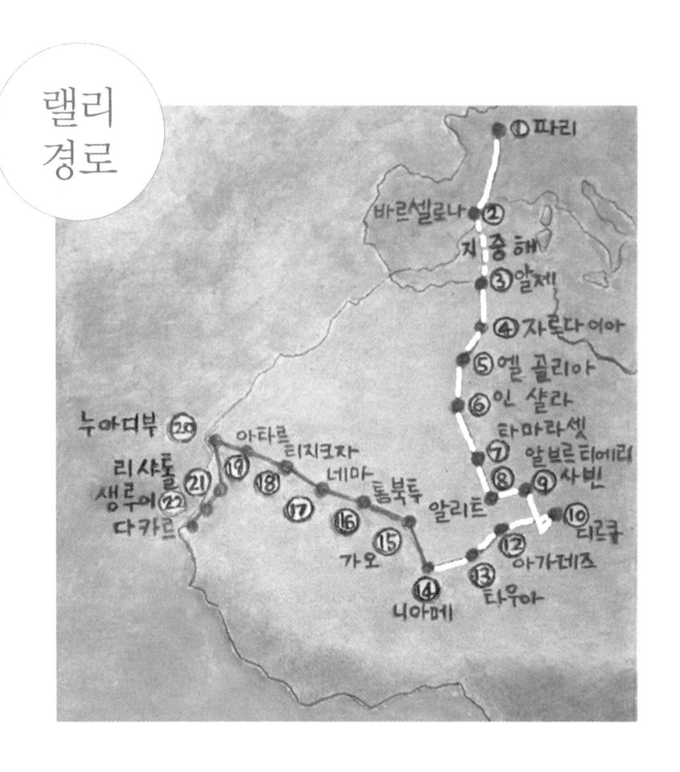

미끄러지며 초원의 나무들을 피해 가다 고목에 차 엉덩이가 걸쳐질 뻔했다. 미끄러지며 틀리는 방향으로 전력을 다해 핸들링을 했으나 엉덩이가 또 부딪혀버렸다. 제롬은 콧수염을 치켜세우고 눈을 찡그리며 쫑알거렸다.

"에, 인마 잘해… 바보같이…. 하기야 엉덩이가 다 깨져 버렸으니. 여자 매력은 다 떨어져 버렸지 뭐. 버릴 년이야 어차피…."

벌써 몇 번이나 부딪혀 뒤가 찌그러진 것에 체념 섞인 불평이다. 하지만 경주가 끝나면 폐차를 해야 할 것이나 나는 이 정든 애마를 한국으로 가져갈 예정이다. 대망의 다음 해, 우리 한국 차를 만드는 데 프로토콜, 모형 차로 사용해야 한다.

먼지를 뒤집어쓰고 구경나선 아이들. 멀리 생명의 강, 니제르 강이 보인다.

67.50km. 검은빛이 도는 황무지에 수많은 흰개미 집이 보인다. 그것들은 황토로 쌓아 올린 단단한 탑 같기도 한데, 어떤 건 사람 키를 훨씬 넘는다.

101km. 내리막 벌판 속의 많은 웅덩이를 오르내리며 차는 금방이라도 깨져버릴 듯 죽는소리를 내고 있다. 마음이 아프다. 엉덩이까지 깨진 것이….

로드 북에서 고개를 드니 건너편 언덕 아래 맑은 호수가 나타났다. 찬란한 햇빛에 눈이 부신 물가에는 소 떼와 낙타 떼가 목동과 함께 물을 마시고 있다. 그러나 이곳 마을 사람들은 건조한 흙먼지 속에서 조악하게 살고 있다. 아이들은 씻지 않은 때가 피부에 굵은 각질을 만들었다. 이렇게 물 좋은 마을이 황폐해 있음에 마음 한 편 스산하다. 하지만 저 흙먼지 속, 세시로 가려진 여인네 얼굴 그리고 그들의 얽은 나무집 깊숙한 어디쯤에는 내가 본 적 없는 안식과 평온함이 있을지 모를 일이다. 내가 조금 다르게 살았을 뿐이려니…. 우리도 오랫동안 토담집 부엌 넘어 단칸방에서 예닐곱 식구, 군불 때고 긴긴 겨울 힘들게 살아온 시절이 대부분이지 않았던가?

164.25km. 인가두 촌락 지남. 깊은 모래와 와디 방향. 나침반 방향 270° 서쪽으로 계속 직진.

234km. 돌멩이 길의 연속으로 하도 머리가 무거워 헬멧을 벗어버렸다. 메주만 한 돌투성이 길을 터덜거리니 오장 육부가 다 튕겨 나갈 듯하다.

마을 어귀에 노인 한 명이 쓰러져 있다. 차에서 급히 내려 보니 노인은 머리와 배가 아픈 시늉을 한다. 배에 큰 혹 같은 것이 나 있고 노인의 몸짓, 표정으로 보아 심한 병에 걸린 것 같다. 나는 차 의자 밑에서 우황청심환을 꺼내 한 알을 입 안에 넣어주고 나머지는 호주머니에 넣어주었다. 마침 우리들 위로 날아가던 S. O. S 의료 헬기가 우리 차의 사고로 오인하고 요란한 먼지를 일으키며 내렸다. 착륙과 동시에 헬리콥터 문이 열리더니 약 상자를 들고 의료진이 뛰어 왔다.

“엇! 잘 왔어. 이 노인이 진짜 당신들 손님이야…. 잘 해줘.”

그들은 앙상한 노인의 엉덩이에 겁나게 큰 주사기를 내리꽂았다. 그리고 그들도 한 움큼 약을 노인에게 건넸고, 1분 1초가 급한 우린 그들을 두고 내빼듯 그곳을 벗어났다.

엔진 과열로 검은 연기에 휩싸인 차.

"저 노인… 복 터졌는데…. 그런데 약 너무 많이 준 것 아냐?"

제롬이 걱정스레 소리 질렀다.

"염려 마, 인마…."

나도 차 엔진 소리에 고함을 질렀다.

"내가 준 약은 죽어가는 사람도 살리고… 많이 먹어도 안 죽어, 인마."

316.50km. 우리 앞을 낮게 날아간 헬리콥터에 피투성이의 경주자가 고무 튜브에 싸여 옮겨지는 것이 보인다. 그들 차는 바위 언덕 아래 굴러 떨어져 있다. 오, 사하라의 하느님…! 나는 고개를 떨군 채 그들이 떠난 피 흘린 빈자리에 앉아 담배 한 대를 피워 물었다.

우리는 한국인

341km. 평균 진행 방향 330~340°. 초원, 초원. 계속되는 초원의 깊은 모래와 그 속에 박힌 돌 더미 위를 달리고 있다. 멍함과 지루함, 긴장이 범벅되어 기함할 지경이다. 이 긴박한 상황에서 느끼는 지루함은 참을 수 없는 괴로움이다. 또 헬멧을 벗어 뒤쪽 연료 통으로 던져버렸다. 로드 북에 얼굴을 묻고 있던 제롬이 놀라 날 쳐다보며 손가락을 자신의 관자놀이에 갖다 대며 돌려 보인다. 너 미쳤냐고 묻는 프랑스식 시늉이다.

"그래…. 미쳐 나가겠다!"

하며 내가 빈정거렸다.

"넌 괜찮냐… 돌머리?"

제롬은 말없이 반쯤 일어나 헬멧 벗은 내 맨머리에 주먹을 한 대 쥐어박았다. 눈이 찡그려지도록 아팠지만, 핸들 잡은 손을 놓을 수 없어 나는 꼼짝없이 앞만 쳐다보며 몇 대를 더 맞아야 했다. 묘하다. 맞고 나니 정신이 든다.

"그놈들(조금 전 사고로 헬리콥터에 실려 간 두 주자.) 머리도 돌머리라서 깨지지 않았으면 좋겠다."

내 독한 빈정거림에도 제롬은 말이 없다.

"놈들… 살았으면 좋겠는데…, 으응?"

나는 머리를 많이 다친 듯 얼굴에 선혈이 낭자한 모습의 그들을 걱정하며 물었다.

"살 수 있을까?"

"…."

제롬은 고개만 가늘게 흔들 뿐 끝내 아무 말이 없다.

511km. 아이쿠…, 시속 180km로 달리던 차가 작은 메주 돌을 때렸나 보다. 차 후미 오른쪽 타이어가 맹렬한 소리로 찢겨 나갔다. 차는 몇 번이나 들렸다 내리며 비틀거렸다. 이때는 조종기술에서 얘기하는 '자전거 타기'로 중심을 가늠하며 넘어지지 않고 200여 m를 굴러와 간신히 멈추었다. 웃음이 터져 나왔으나 소리를 낼 수 없다. 큭큭.

저녁 8시 30분. 오늘은 모래밭이 아닌 별밭 아래 최고의 호텔 숙박이다! 니제르의 수도 니아메의 가장 큰 호텔인 기와이 호텔에 도착하니 온통 축제 분위기다. 도시는 우리들을 맞는 새까만 사람들로 들끓고 있다. 힘이 다 빠져버린 몸으로 로비에 앉아 흥분한 사람들을 멍하니 쳐다보며 한숨 돌리고 있으려니 북쪽 사람인 듯한 남자들이 내 방화복에 붙어있는 태극기를 보고 수군거리며 내 앞을 얼쩡거린다.

언덕을 힘겹게 오르는 트럭 팀. 한 번에 오르지 못하면 내려와 다시 공격해야 한다.

"어이… 안녕하시오…. 신사 양반들…."

나는 사람들 속에서 앉은 채 눈을 들어 꽤 크게 소리쳤다.

조그만 놈의 호령 인사에 놀랐는지, 그들은 들은 척도 않고 사라져선 더 이상 내 앞에 나타나지 않는다.

가소로웠을 것이다. 기름때와 먼지로 사람 같지 않게 생긴 내게 무슨 말로 수작을 걸 가치를 느꼈으랴. 저 사람들 별로 미워하고 싶지는 않지만, 나잇살 먹은 얼굴에 초등학생처럼 가슴마다 사람 얼굴이 그려진 배지를 달고 다니는 것이, 우습기보다 차라리 내가 민망해진다. 옛날 JSA에서 저 친구들과 3년을 같이 지내며,

"바보들아…, 너도 배지 속 그 사람처럼 사람이야…. 정신 차려, 인마!"

하고 놈들에게 눈앞에서 달려들곤 했던 간 큰 시절이 기억난다. 아무튼, 외제 수입은 다 사람들 정신을 나가게 하지만, 그중에서도 외제 사상 수입을 잘못하는 것만치 사람을 얼빠지게 하는 것도 없으리라.

몸을 씻고 다시 내려와 저녁 파티 참석 차 엘리베이터 쪽으로 가고 있는데 아까 그 사람들과 똑같이 생긴 세 명의 남자가 큰 소리로 내 이름을 부르며 찾고 있는 것이 아닌가? 나는 등줄기에 땀이 나며 순간 제롬의 손을 잡았지만, 하얀 얼굴에 세련된 옷매무새가 우리 대사관 사람들이었다. 영사님과 참사님이 나를 맞으러 모두 나와 주신 것이다. 이 얼마나 반가운 우리 사람이냐. 일일이 악수와 포옹을 했다. 내 얼굴도, 옷도 사람 꼴이 아닌데 그대로 대사관으로 가자신다. 밤 10시가 넘은 시간이지만 관저로 들어서는 나를 대사님이 정원까지 나와 맞으시는 첫 마디….

미친 듯 서두르는 우리 앞에 나타난 평화로운 풍경.

만신창이가 되어 접선 장소로 들어오는 주자.

“우선 좀 씻는 것이 좋겠소? 무사히 잘 오셨소…!”

내 꼴이 참으로 말이 아닌가 보다. 관저 목욕탕에서 영사님이 손수 더운물을 채워 주셨다. 목욕을 하고 나오니 관저 텃밭에서 가꾼 배추와 무로 담근 김치…, 돼지고기 김치찌개…, 쌀밥. 낙타처럼 속절없이 굶어온 나는 지금 체면이고 뭐고 없다. 대사님, 사모님이 애처로웠는지, 밥 많으니 천천히 먹으라 하신다.

유종현 대사님께서는 마침 이 파리-다카르 랠리에 대하여 지대한 관심과 해박한 지식을 갖고 계셨고, 언젠가는 한국 사람이 이 경주에 참가하기를 고대하고 있었다며 많은 격려를 해주셨다.

김치와 밥에 빠져있던 내가 다음엔 꼭 사륜구동 한국 차를 만들어서 오겠다고 다짐하듯 말했다. 내년 우리 한국 차로 왔을 땐 온 대사관 사람들이 태극기를 들고 수백 km나 앞서 마중을 나오시겠단다. 자랑스러운 조국…. 인정 많은 사람들, 우리만이 통할 수 있는 마음속 우리 말…. 대사 사모님이 김치 깍두기도 한 봉지 싸주셨다. 오늘은 복 터진 날, 못난 놈 처갓집 온 날이다.

밤 11시 30분. 밤이 늦은 시각인데 대사관저 밖 다른 곳에서 우리 교포들이 나를 위해 환영회를 한다고 모여있다고 한다. 내일 출정을 위해 잠을 재워야 한다고, 못마땅하신 듯한 대사님 눈치를 뒤로하고 우리는 한국 노래를 신나게 흥얼거리며 이곳의 의료 영웅이신 김OO 박사님 집으로 어울려 갔다. 박사님께선 나를 얼싸안고, 태극기를 붙인 나를 TV에서 보았는데 한국인 처음으로 이 대회에 참석하는 나를 보고 너무 반가워 눈물이 났노라며 내게 감사를 표했다. 내가 고마울 따름인데 말이다. 환영회 음식과 케이크를 준비하는 동안 김 박사님은 즉석에서 날 검진하며 세세히 물으시곤 몇 가지 비상약을 준비해 주셨다. 그리고 우리는 촛불 앞에 둘러섰다. 자정이 넘은 아프리카의 한밤. 장도의 무운을 빌어주는 수많은 촛불의 케이크 앞에 둘러선, 일렁이던 정겨운 얼굴들…. 누가 먼저 부르기 시작했는지…. "동해물과 백두산이 마르고 닳도록… 하느님이 보우하사 우리나라 만세… 무궁화 삼천리… 대한 사람 대한으로… 길이 보전하세…."

촛불에 그네님들 적셔진 눈물이 내 눈을 흐리게 했다. 나는 밤이라도 새고 싶었지만, 아침 출정을 위해 그곳을 나섰다. 내 목구멍에서 달빛을 타고 아리랑 가락이 흘러나왔고, 눈에선 눈물이 흘렀다. 나를 호텔로 데려다주러 따라나선 영사님도 함께 불렀다. "아리랑 아라리오…." 애절한 가사가 그의 입속에서 밥 티 흘리듯 울먹이며 흘러나왔다. 멀고 먼 곳, 기쁜 우리만의 만남, 아프리카의 그 밤을 나는 잊지 못하리.

Dutch Dealer 팀의 주자들. 모래로 분탕질을 했지만 아직은 건강한 웃음을 보인다.

모래로 범벅이 된 얼굴. 아침 햇살에
해맑은 미소가 아름답다.

차를 끈으로 묶어 달리다

지옥의 랠리 열넷째 날

덥고 먼지 천지

니아메Niamay-가오Gao. 645km. 스페셜 구간. 총 주파 8,377km.

흰개미 집

간밤 호텔에 돌아오니 그때까지 차가 정비돼 있지 않은 채였다. 제롬을 믿고 한국 대사관엘 갔다 온 것이 잘못이었으니, 새벽까지 한숨도 못 자고 엔진 청소 등 모든 걸 정비사 놈들하고 갈아 끼우고 정비를 했다. 우리 같은 가난한 팀의 슬픈 고난이다. 부자 놈들은 그저 저녁 파티하고 실컷 자는 동안 자가용 비행기 타고 온 정비사들이 밤새 잘 정비해 놓으면 머신(차)을 아침 출발선에 끌고 가 달려 나가면 그만인데, 우리는 잠도 못 자고 손수 정비해 출발 준비를 해야만 한다. 이건 자동차 경주 실력만으

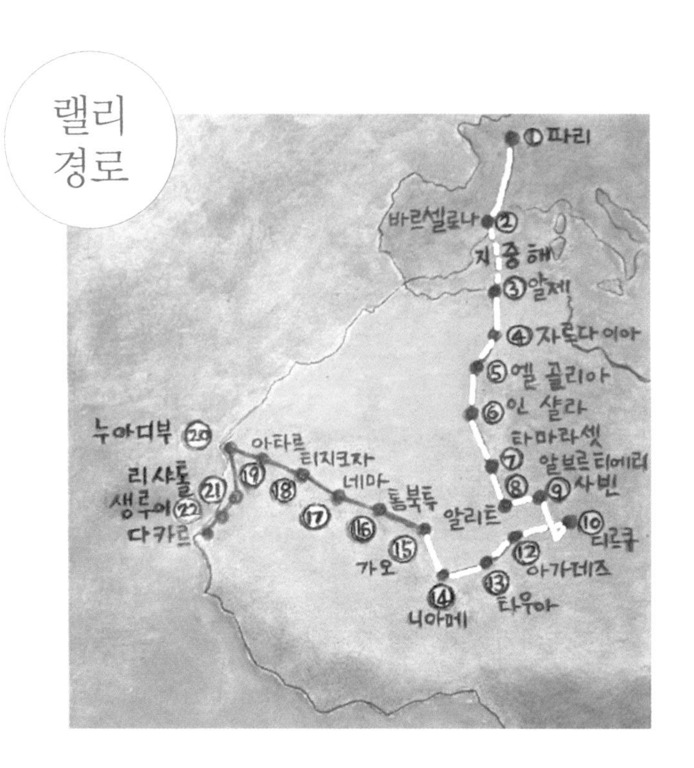

로 겨루는 것이 아닌 묘한 경주다.

아침 8시. 스페셜 스테이지(경주 구간)로 가기 위해 니아메 시내에서 접선 구간으로 출발했다. 지나가는 니제르의 수도 니아메 곳곳에는 수도라고 하기엔 절절한 가난이 아프게 보인다. 그래도 호텔 옆 길가에는 내무부, 외무부, 법무성 등 사람 사는 동네의 겁나는 간판들이 붙어있다. 교복을 입은, 인형처럼 귀엽고 조그만 아이들도 보인다.

경주 출발점으로 가는 접선 구간은 니제르 강을 계속 거슬러 올라간다.

'니제르의 팔'이라 불리는 강과

아침 햇살에 묻힌 마른 들판 풍경은

이방인의 눈에 낯설게 눈부시다.
이집트의 상류 나일 강이 그렇듯
니제르 강의 푸르름은
한 방울의 물도 사막을 적셔주지 않고
서슬 퍼런 뱀 같이 꿈틀거리며
짓궂게 흐르고 있다.
목마름에 타는 사막 속 야박한
청정함이 도도하기까지 하다.

10시 4분. 0km. 출발하자마자 햇볕이 뜨겁게 깔리고 있는 들판은 오늘도 만만찮게 보인다. 먼저 출발한 놈들이 일으킨 먼지가 까마득히 하늘로 오르고 있다.

오늘은 말리 국경을 넘어 들어간다. 예상대로 지표는 깊고 굴곡도 심하다. 벌써 헬멧 쓴 머리가 흔들려 차 벽에 부딪히고, 의자와 허리에 유격이 생겨 터덜거림이 고통스럽다.

"흰개미 집 오른쪽 100m…, 50° 왼쪽 200m…. 염병할, 다시 오른쪽…."

로드 북에 흔들리는 시선을 애써 고정시키고 후렴조로 욕까지

중간 체크 포인트(c.p)에서 도장을 받지 않으면 조난으로 간주된다. 나는 걸뱅이 꼴이 다 됐다.

붙여가며 나는 핸들 잡은 제롬에게 고함을 질러댔다. 잠시 피스트가 나타나며 시계가 열린 사이 인삼 수통의 물을 꺼내 타는 목을 적셨다. 푸우… 향기가 대한민국 냄새다…. 정다운…. 정신이 든다. 어젯밤 날 안타까워하며 꼭 먹으라고 교포 한 분이 주신 인삼가루를 수통에 넣었더니 향기가 일품이다. 제롬에게 수통을 건네자 한 모금 벌컥 마시더니 온갖 인상을 쓴다. 더러운 손으로 혀에 붙은 인삼가루까지 긁어내고 있다. 머저리….

34.20km. 세카 마을 통과. 우리가 일으키는 먼지엔 아랑곳없이 깡마른 아이들이 깡충깡충 뛰며 우리에게 박수를 친다.

57km. 미끄러운 자갈 피스트를 타고 있다. 시속 100km 이상인 차를 3단 기어로 내리며 핸들을 살짝 원하는 방향으로 채면 차는 그쪽으로 차체가 틀려 회전각을 잡아낸다. 제롬은 연습이라도 하듯, 차체를 왈츠로 돌리듯 가고 있는 날 쳐다보며 또 관자놀이에 손가락을 돌린다. 내가 돌았냐고? 나는 고개를 끄덕여 보였다. 제롬은 포기한 듯 같이 고개를 끄덕였다.

나무아미타불….

스키드를 타는 포뮬러 선수나 길을 타는 랠리나 핸들이 아니라 뒷바퀴가 미끄러져 비틀려 회전 값을 얻어내 커브를 도는 것은 모두 똑같이 우리들이 주요 기술로 사용하는 것 중의 하나이다. 물론 위험천만일 수도 있는 그 기술이 정확하지 않으면 차는 속도를 가진 채 길 밖으로 날아가 버리지만 말이다. 더한 것은 이런 넓은 들판이 아닌 유럽의 산간 좁은 길 커브에서도 나는 이 기술을 즐겨 사용하는데, 자로 잰 듯 회전 값이 정확하지 않으면 길 밖 언덕으로 날아가 버린다. 우리들 전문 용어로

좋은 지면에서도 주자의 실수로 종종 이런 사고가 일어난다.

'가속 드리프트', '감속 드리프트'라는 것들이다. 속도를 줄이지 않고, 우리를 끝없이 괴롭히는 원심력을 무시하고픈 주자들의 욕심이 만들어 낸 이 기술을 구사하다 나는 이미 몇 번 천당으로 굴러버린 쓰디쓴 경험이 있다. 기절도 했으며, 병원 신세를 지기도 했었다. 하지만 놈의 매력은 끊임없이 촌음을 빨리 달아나고픈 우리들로 하여금 뿌리칠 수 없게 만드는 죽음의 마력을 가지고 있다.

99.78km. 멀리 흰개미 집 뒤로 차가 넘어진 채 불이 붙어있다. 한증막 같은 차 안의 먼지로 버적거리는 입속이 가슴까지 새카맣게 타들어 내려가 나는 말문을 잃고 말았다. 나는 그저 고개만 가로저었다. 아, 하느님, 또… 입니까…?!

사막에서 지는 별

불이 난 차에 다가가니 차는 거꾸로 뒤집힌 채 타이어가 검은 연기를 뿜으며 타고 있다. 폭발 위험으로 더 가까이 다가갈 순 없고 파일럿과 내비게이터는 이미 후송된 연후다. 흩어진 잔해와 방울져 흐른 핏방울이 모래를 물들이고 주변 언저리엔 노란 사막 꽃이 피어 열기에 몸부림하듯 흔들리고 있다.

우리는 못 볼 걸 본 듯 뒷걸음치다 차 안으로 뛰어들어 와 엄청난 모래를 흩뿌리며 혹성 탈출하듯 그곳을 벗어났다. 파일럿이 죽었다는 걸 나중에 알았다.

99.78km. 차 지붕보다 높은 흰개미 집들이 붉은 모래땅에 솟아올라 사람이 사는 마을처럼 보인다. 대단한 개미들의 역사다.

180.80km. 전방 5km. 오아시스 나타남. 사람이 살다 버려진 모래 언덕 사이의 작은 오아시스다. 동남아나 니스 해변의 그런 늘씬한 종려수가 아니라, 소나무같이 가지가 제멋대로 퍼져 야생에서 죽어가고 있다. 그처럼 빈 움막만 남아있고, 사람이 떠나버린 오아시스를 벌써 몇 군데나 보았다.

240km. 돌산 공격. 산줄기를 피해 줄곧 따라 내려왔으나 넘어갈 곳이 없다. 로드 북에서 사라진 곳까지 30분 넘게 산줄기 아래를 타고 내려왔다. 그러나 마땅한 공격 포인트를 찾지 못해 우린 다시 왔던 길을 거슬러 십여 km를 돌아오다 모래 산 사이의 작은 돌산을 타고 오르기로 했다.

뒤집힌 채 불타버린 차. 잔해가 어지럽게 널려있다.

양동이만 한 돌들이 모래와 섞여
가히 미칠 지경이다.
차 하부가 솟은 돌덩이에
부딪히고 얹히길 수십 차례.
열기로 데워진 차 안에서
입 안의 버적거리는 모래를 씻어낼
물 한 모금 마실 수 없다.
노란 먼지가 뜨겁게 데워져
눈앞에 맴돌며
내 몸 구석구석
제멋대로 드나들고 있는 듯하다.
내 폐의 반은 이미
이 사막 먼지로 차 있을 것이다.
살아서 파리로 돌아가면
노트르담 성당 앞 폐 병원에서
내 그곳을 고무풍선 같이 까뒤집어 씻고,
또 헹궈 집으로 가야겠다고 다짐했다.

421km. 오늘은 돌의 날이다. 돌무덤 위를 뛰어넘다 웅덩이에 박힌 차를 한 시간이나 걸려 꺼내놓고 보니 완충장치의 하부 쿠션이 부러져 있다. 제롬과 나는 낙담한 눈길로 서로 쳐다보고만 있다. 놈의 눈은 충혈되어 있고, 초점이 없다. 갑자기 놈이 불쌍해진다. 나는 제롬의 어깨를 두드려 주며 연장을 가지고 차 하부로 들어갔다. 대체품이 더 없는 업소버 하

나는 고장 난 그대로 대충 수리해 남은 80km를 강행하기로 했다. 별 효용은 없겠지만, 앞쪽의 머신과 차 하부로 연결되는 모든 부분을 비상 줄로 묶고 조였다. 차를 끈으로 묶어야 하다니…. 하는 수 없다. 이제 로드북에 나와있는 모래 산줄기 두 곳만 잘 넘어가면 된다. 나는 현기증과 실신 기운으로 눈을 뜨고 있을 수가 없다. 이대로 영원히 잠 속에 빠져들어 가고 싶기만 하다.

501km. 도착. 체크 포인트 통과.
난장판 같은 공항 옆,
비박Bivouac 장소에 도착하자 난
정신을 놓고 말았다.
영롱한 꿈과 잠이
범벅이 되는 순간들이다.

묶인 안전벨트를 풀어주며
제롬이 나를 흔들어
입속에 차가운 물을 넣어주었다.
분명 맥주다.
상큼한 맥아의 향이 뇌리 깊은 곳에서부터
기억을 깨워 일으켰다.
"그래, 인마, 마셔야 해…."

눈을 떴다.
먼지 천지 넘어

멀리 붉은 노을 기운이
온몸으로 섬세하게 배어왔다.
마비된 몸의 구석구석에서
불같은 열기가 일어나
가슴으로 모이고,
그것들은 이내
역한 감정으로 변했다.
멀리 유럽에서
자체 위성중계 장비를 갖춘 비행기들이
비참한 이 인고의 장소로 날아와
우리들 몰골을 중계하기에 여념이 없다.

"다 미친놈들…."
나는 크게 한숨을 쉬며 중얼거리다
차 안에서 잠이 들었다.

우리가 뒤집히길 기대하며 구덩이가 있는 쪽 풀 속에 포진한 기자들. 그들의 기대대로 트럭 한 대가 이곳에서 전복됐다.

톰북투의 모스크를 잠시 돌아보며. 왕관 같은 담벼락이 아름답다.

황금의 도시 톰북투

지옥의 랠리 열다섯째 날

덥고 건조

가오Gao-톰북투Tombouctou. 418km. 스페셜 스테이지. 총 주파 8,795km.

신기루의 유혹

새벽 5시 기상.
일어나기가 몹시 힘들다.
체중이 많이 빠졌다.
마치 거인의 옷에 내가 들어가 있는 것 같다.

33.40km. 앞서가던 차 한 대가 또 굴렀다. 출발지에서 멀지 않은 곳이라 긴급 의료 팀(Speed Emergency)이 즉시에 투입돼 벌써 선수 구조가 이

랠리 경로

뤄지고 있다. 시속 180km는 족히 낼 수 있었을 텐데, 파일럿이 많이 다쳤을 것이다. 이처럼 우린 이른 아침부터 생명놀음을 하고 있다. 싫다! 구기 운동 경기는 선수가 실패하면 공을 놓치고 투기 경기에선 얻어맞거나 넘어지지만 스피드 경기, 그것도 이 메커니즘 경주는 실수하면 인생이 걸린다. 벌써 낙오한 팀들의 숫자가 대단하다. 1월 1일 프랑스 베르사유 궁전 앞을 출발한 400여 대의 4륜, 6륜 차 중 오늘 아침 출발한 차는 겨우 160여 대, 그리고 160대의 2륜 모터는 60여 대밖에 남지 않았다.

여유만만하고 기개 충천하던, 잘생기고 정겹던 그 친구들…. 어디로 갔나. 많이 없어졌다. 너무나 많은 사고와 72시간 경과 퇴장 차들로 인해 출발 전에 대회 본부 측의 각별한 주의를 받았다. 그동안 얼마나 많은 주자의 피와 고배의 눈물을 보아왔던가? 매일매일이 광분한 집단 히스테리

속에 정신없이 치러지고 있고, 이 매정한 속도의 카니발은 죽음으로 가는 지옥의 문이다.

93km. 강 건너 니제르의 마을이 어제 건너온 이편 말리의 마을과 평화롭게 마주하며 나룻배가 오가고 있다. 이웃처럼 사는 두만 강변 마을들도 저리 평화로웠으면 좋겠다. 흙으로 된 작은 보루도 보이고, 새색시 같은 꽃이 분칠하고 웃고 있는 고즈넉한 마을이다.

137km. 지금 우리 앞은 먼지 일식이다. 줄줄이 앞서가는 차들이 일으킨 먼지가 대지 위로 피어올라 노오란 태양을 맨눈으로 쳐다보며 달려가고 있다. 차 안에 가득히 떠다니는 먼지를 속절없이 마셔야 하고, 그걸 모르는 듯 마셔대는 제롬도 불쌍하다. 가장 많은 사고가 이 먼지로 인해 일어났다. 시계 10~20m로 열렸다 닫혔다 하는 곳을 현기증 나는 속도로 좌우로 피해 가는 우리는 아무리 경주에 노련한 선수도 크레바스와 라디에에 걸려들기 마련이고, 먼지에 가려졌던 앞 주자의 차를 종종 추돌하기도 한다. 달리지 않으면 안 되는 카레이서가 경기 외적으로 감당해내야 하는 어이없는 상황은 파리-다카르 경주에서만의 또 다른 위험 요소다.

정오. 끝없는 모래밭 위를 움직이는, 족히 500m나 됨직한 긴 카라반을 만났다.

사막에 있는 듯 마는 듯
소리 없이 조용한,

멈춘 듯 가는 듯한
낙타들의 순한 그 모습에
소름 같은 경외감이 든다.
길게 내민 목 끝에 바가지만 한
작은 머리를 매달고
하염없이 걷고 있는 저들은
속절없이 사막을 닮았다.

이 절박한 곳에서 저것들이라도
생명으로 없었으면
이 사하라가 얼마나 삭막했을까.
깊은 모래를 죽는소리로
굴러가고 있는 우리들 모습이
비열하고 부끄럽기만 하다.

소리 없는 낙타 대상을
멀리 떠나보내고 나니
그 반대편에 연이은 섬이 보인다.
모래사장이 끝나는 저 너머
번들거리는 푸른 바다와 함께
짙은 나무숲까지 우거진
크고 작은 섬이 나타났다
서서히 수평선 너머로 사라져 가고,
또 다른 모양의 섬이 떠 온다.

아침 일찍 사고를 당한 주자. 너무나 많은 사고를 봐와 이젠 그 상황에 무감각해졌다.

한참을 바라보다

30° 서쪽으로 변경하고

본격적으로 달려 나갔다.

가도 가도…

사막, 사막뿐…

바다가 나타날 리 없는 그곳은

어찌할 수 없는 황량함의 연속이다.

신기루…

몸에 미열이 있다.

갑자기 외로워진다.

가오-톰북투 간 사막 고속도로.

사막의 생

말짱하게 신기루도 사라진 곳은 가도 가도 사막이 끝이 없다. 바다와 숲 우거진 섬들이 사라진 사하라는 내게 거짓말을 한 것 같았고, 잠시 그 거짓말에 풍성한 마음으로 바다를 탐했던 일이 바보스러워 은근히 화가 난다.

"바보같이…. 없어진 바다에 약이 오르다니…."

이 험난한 사막에서 매일 죽을 듯 말 듯 보름이나 이 놀음판에서 살아 있음에 나는 조금씩 미쳐가고 있는 듯하다.

174km. 나침반 250°.

모래가 지루해진다.

한 치 오차 없이 더듬어 온 사하라 10,000km.

길 없는 곳.

갖가지 험한 지표를 놓치지 않고

고스란히 몸으로 훑어 낸 나날에

소름이 돋는다.

모래 먼지 속, 사시나무처럼 흔들린

요동의 긴 스트레스를

더 받아 낼 곳이

내 몸 어디에도 남아있지 않다.

더 참아낼 수 없을 때

미치고 말 그런 순간을

매번 느끼고 있다.

217km. 말라버린 시멘트 색깔 모래 수렁을 헤매고

우린 둘 다 회색 스누피가 되어있다.
멀리 하얀 소금밭이 보인다.
호수 전체가 하얗다.

먼지가 일지 않는 소금 호숫가를 모양대로 타며 최고 속도를 냈다. 호수 왼편에는 여러 그루의 나무들이 죽어있는데, 사막에서 살다 죽은 나무들은 동물의 뼈 색깔을 닮아 처참한 모습이다.

무언가 억울했던 듯
뿌리를 하늘로 쳐들고
거꾸로 박혀있다.
팔 벌려 하늘에 애원이라도 하는 모양새다.

생명이 그리 좋은 것이어,
애타게 한번 살아 보려 한 욕망의 흔적이
그 모습에 오롯이 어려있다.
이곳의 고갈된 모든 물기와 기운을
모으기 위해 저렇게
엄청난 뿌리를 텃새로 내렸건만
한 번도 멋진 잎과 꽃을 피워내지 못한 채,
한순간도 제대로 살아보지 못하고
평생을 버둥거리기만 한
안타까운 형상들이다.

나침반 270°. 미쳐 나갈 것 같다.

석굴암 부처님은 동쪽 아침 해 앞에 앉았지만,

지금 모리타니아 사막으로 넘어가는 오후,

나는 지금 정 서쪽이다.

앞 유리창을 달라붙어

떠나지 않고 이글거리는 해는

부처님도 미쳐 벌떡 일어나고 말 것이다.

지금 나는 일어나기는커녕

핸들을 잡은 채 정면으로

해바라기를 하고 있다.

햇볕으로 보이지도 않고 끝도 없는 그 길로

고개 까딱 못하고 가야만 한다.

따가운 햇발에 얼굴을 내붙이고 있으면

내 속에 허파가 익어가는 소리가 들린다.

조금 더 있으면 미칠 것 같다.

햇빛이 더 내리면

아무것도 보이지 않을 것이다.

"앞이 안 보이는데 자동차 경주라니…. 젠장…."

나는 소리 내어 투덜거렸다. 해가 땅 쪽으로 내릴수록 지표 상태나 지형지물 판별이 거의 불가능하다. 좀 더 가까이, 자세히 보려 목은 기린처럼 자꾸 앞으로만 빠진다.

"200m 앞 큰 나무 두 그루…. 600m 앞 경사, 급한 내리막…."

사하라의 외로운 방황.

내 투덜거림엔 아랑곳없이 제롬은 로드 북에 고개를 처박고 열심히 읽어내리고 있다. 부아가 치민다.

"에잇, 자식아. 앞이 보이질 않는데 쫑알거리면 뭘 해. 주둥이 닥쳐 인마!"

천자문 외듯 하던 제롬이 내 고함 소리에 잠잠해졌다. 그리곤 그의 두 손으로 하인 흉내를 내며 내 얼굴에 쏟아지는 해를 가려주었다.

톰북투 카페의 여인들

나는 오늘 도착할 이 도시에 대해서 많은 기대를 갖고 땅거미 지는 해거름 사막을 사력을 다해 달려가고 있다. 톰 북 투! 우리가 지금 찾아가고 있는 도시(village)는 일찍이 중세 유럽 탐험가들이 황금으로 뒤덮인 도시라는 먼 소문만 듣고 수십 번 탐험대를 꾸려 찾아 나섰다 결국 찾지 못하고 모두가 사막에서 아사한 전설의 도시였다. 12세기부터 황금으로 집을 짓는다는 이 아프리카의 작은 도시를 오백 년 동안 찾아 나섰으나 아무도 이 도시를 찾지 못했다. 십자군 원정 정도만 아는 유럽 사람 누구도 사하라를 건너는 방법을 몰랐던 것이다. 그래서 중세가 지난 한참 후 19세기에 이르러 프랑스 왕립 지리 학회는 이 도시에 대한 소식을 가져오는 사람에게 일만 프랑이라는 엄청난 돈을 준다는 현상금을 걸었었다. 사실 중세 때 이미 이 도시는 25,000명의 학생을 가진 대학이 있었으며, 우리가 몰랐던 많은 수학과 천문학에 대한 선지식을 가졌었고, 또 책으로 남긴 위대한 도시였다. 이뿐만 아니라 많이 생산되는 황금과 소금(암염)의 융성한 무역으로 사하라의 중심에서 실제 황금으로 성전과 왕궁을 지었었다. 프랑스 탐험가 르네 까이에Rene Caillie가 도착했을 땐 이미 모로코가 침략하여 대학과 왕궁을 다 파괴해 버리고 약탈한 이후였기에 옛날의 융성한 영화는 보지 못했다. 황금과 그 문명은 사라졌지만, 이슬람의 높은 윤리와 전통은 가난해진 그들 문화 속에 여전히 남아있다고 르네는 증언하고 있고, 지금도 유네스코가 가장 아끼는 세계문화유산 중 하나이다. 놀라운 일이다. 아프리카에 그러한 문명적 도시가 칭기스 칸 시대에 사하라 한가운데서 아무도 모르게 문화적 사막 꽃을 피우고 있었다니….

만신창이가 된 차를 정비소에 맡기고 나는 씻지도 않은 채 마을의 큰 모스크를 돌아보고 골목 안 타베른(카페)으로 들어갔다. 카페지기에게 조심스레 다가가 술이 있냐고 물으니, 무슨 암호라도 알아들은 듯 그저 고개를 가로저어 보인다. 술을 주겠다는 긍정의 고갯짓이다. 프랑스산 백포도주 샤도네이가 차갑게 목줄을 타고 내리자 먼지로 말라있던 목구멍

아프리카의 사랑.

에서 행복한 휘파람 소리가 난다. 좀 더 버텨낼 수 있다는 마음의 울림이 알량한 술 한 잔에 녹아든다. 나는 스스로 마음을 다듬질했다.

"이제 며칠만 버티면… 대서양이다!"

"참자, 조금만 더… 최종림…. 야, 인마… 죽을래?"

나는 이슬람 도시의 특유한 내음에 젖어들었다.

내 자리 앞에서 미국식 악센트의 두 여자가 마냥 시끄럽다. 미인들이다. '미인에게 인사 안 하면 큰 죄'라고 했겠다. 한 잔 마시고 간이 좀 커져, 윙크까지 하며 그들에게 인사를 하니 경주 중인 선수냐고 내게 물어왔다. 그렇다 하니 또 물어, 한국에서 참가하고 있노라 했다. 그녀들은 잠시 충격을 받은 듯 입만 벌리고 있다가 잠시 후 내게 거리낌 없이 그들 자리로 합석하자 청한다. 웬 행운…? 그들은 모녀 사이로 딸은 이곳 원조 단체 국제기구에서 일하고 있고, 그녀 엄마는 미국에서 딸을 보러 왔다고 한다. 그녀들은 '인디애나 500' 경주의 대단한 팬이지만, 이 랠리는 더 멋지다며, 남은 나의 장도를 위해 한 잔 사도 괜찮겠냐고 물었다(미국인답지 않게…). 나는 다시 샤도네이를 시켰고, 미인에게 얻어먹는 기분 좋은 잔을 드는데 제롬이 카페에 뛰어들어 왔다. 들어서자 말자 내게 고함을 지르며 게르니카 저공비행 기총소사처럼 욕을 쏘아댔다.

"헐… 쥐새끼 같은 놈, 머저리, 잘도 빠지네."

다행히 두 여인은 제롬의 프랑스 토인들 욕은 못 알아들은 듯했다. 나는 점잖게 손가락을 입에 갖다대며 그에게 조용히 앉으라 시늉을 했다.

평화로운 마을길.

그제야 제롬은 두 여자를 발견하고 놀라 그들을 번갈아 쳐다보았다. 그리곤 어깨를 죽어라 움츠리곤, 꼬리 내리는 개처럼 황송해 하며 이 천적 같은 놈은 내 옆에 새색시처럼 가만히 와 앉았다.

'도마뱀 같은 놈….'

저녁을 먹고 카페를 나오며 나는 제롬에게 할퀴듯 쏘아붙였다.

"넌 인마, 뭐든 종결판에 나타나 날 망하게 한다니까…. 염병할!"

찍소리 없던 제롬이 골목을 다 돌아 나와서야 구시렁거렸다.

"너한테는 아니야, 예뻤지만. 한 여자는 너무 늙었고… 한 여자는 너무 어렸어야, 인마."

가시나무를 최고 속도로 피해 달리기도 쉽지 않은 일이다.

사막의 아침 식사.

니아메 대사관에서 얻은 새 태극기를 달고 차 정비 중 미소년이 태극기를 들어 보이고 있다. 예쁜 녀석.

산보다 큰 보름달

지옥의 랠리 열여섯째 날

덥고 먼지

📍 톰북투Tombouctou-네마Nema. 590km. 스페셜 스테이지. 총 주파 9,385km.

사바나의 사람들

7시 기상. 마지막 남은 방화복을 새것으로 갈아입었다. 2만 리를 달려오며 모래바람에 태극기도 반이나 닳아버렸다. 누더기로 변한 차 앞에 니아메 대사관에서 준 새 태극기를 달았다. 낡은 태극기는 곱게 접어 품안에 넣었다.

잠시 아침 정기가 새롭다.

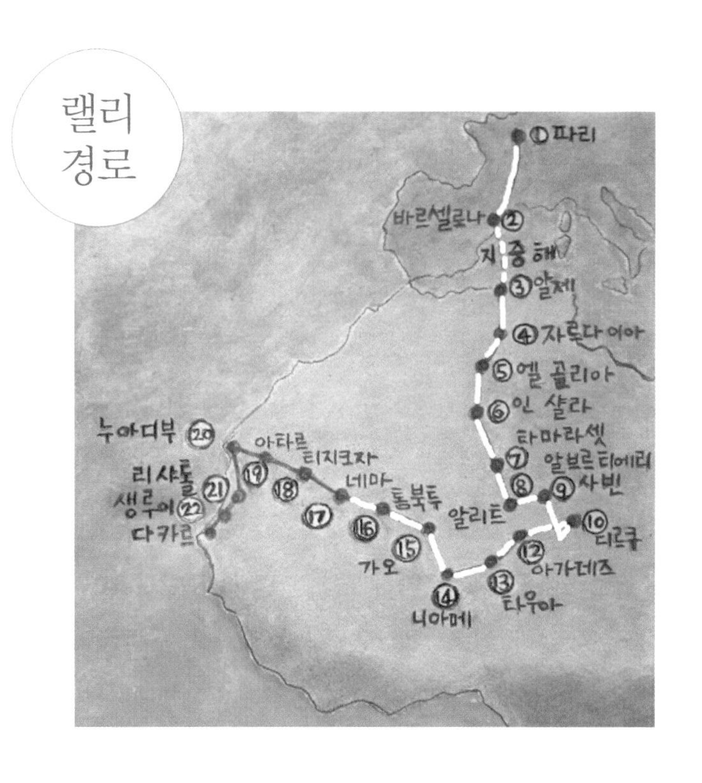

심신은 이미 한계에 와 있고,

기름때와 햇볕에 익어

껍질이 몇 번이나 벗겨진 얼굴은

밤마다 사막 모기에 물려 사람 꼴이 아니다.

잘못 먹은 음식으로 이질 기운이 있고,

폐에 가득한 먼지, 햇볕 화상…

파리에 있다면

병원에 실려 가고도 남을 몸.

하지만 가다 죽더라도

난 모리타니아 사막을 넘을 것이다.

가다 넘어져 부서지는 날이 오면…

사하라 모래처럼
훌훌히 흩어져 버리면 될 것을.
가면 될 것을.
살아있는 한 포기하지 않으리라.

88.80km. 폭이 십 리도 넘게 흩어져 같은 방향으로 모든 주자가 달려가고 있다. 마치 금덩이라도 찾으러 가는 듯하다. 하지만 이 경주는 상도 상금도 없다.

113km. 긴 모래 산이 근심 덩어리로 차창 앞을 가린다. 또 한판 만만찮은 승부를 걸어야 할 것 같다. 언덕을 오르다 한 번에 정상까지 다 오르지 못하고 차가 멈추면 거꾸로 내려와 속도를 붙여 다시 공격해야 한다. 우리는 이미 뺀 타이어 바람을 더 빼내어 공기압을 낮추었다. 압력계는 모래가 들어가 이미 사용불능이다. 제롬이 "하나, 둘, 셋." 하며 소리

사막의 독수리.

내어 셈을 하면 나는 그가 열을 셀 때까지 공기구멍을 열고 있다 막는 일로 네 타이어의 공기압을 뺐다. 모래 지표와 접지 면적을 최대화시켜 마찰력을 높이기 위함이다.

300km. 종일 샘 두 군데와 가시나무 그리고 날개 쪽이 2m가 넘는 한 무리의 독수리만 봤을 뿐, 흩어져 간 차들도 보이지 않는다. 졸음이 몰려온다. 제롬도 졸고 있다. 간밤, 차 정비를 새벽까지 했으니 탓할 일이 아니다.

390km. 바시쿠누 마을로 가는 방향을 잃었다. 태양은 초원의 모든 걸 말리고 있고, 간신히 살아있는 숨결 속 물기까지 말릴 것처럼 덥다. 신경질이 절로 난다.

"에이 멍청아, 잠 깨! 마누라 시집가는 꿈 꾸냐?"

내 고함 소리에 제롬은 놀라 한쪽 눈만 빤히 뜨곤 머리를 흔들며 나를 올려다보았다.

"후우, 하느님, 이 도마뱀 좀 잡아가시죠."

"안 돼, 다카르까지는 살려두실 거야."

대답 한번 또 얄밉다.

초원을 한 시간째 헤매다 외딴곳에 천막을 치고 사는 원주민을 만났다. 작은 천막 안에서 가족들이 우리를 신기한 듯 내다보고 있다. 염소 몇 마리 외에 가진 것이라곤 아무것도 없는 그들의 남루한 삶에 가슴이 시리다. 우리는 우리가 가지고 있던 레이션과 비상 통조림, 초콜릿, 우유를 그들에게 다 주었다. 엄마 품에 안겨있는 어린아이는 턱 밑에 심한 화상

사바나의 달밤. 하나도 벅찬 마누라를 둘씩이나 데리고.

을 입고 괴로운 듯 지쳐 울고 있는데 아이 턱 밑에는 진흙이 발려져 있다. 나는 없는 시간을 욕으로 중얼거리며 차 뒷짐을 풀어 비상약을 꺼냈다. 소독수와 바르는 연고, 먹는 약 등이다. 하늘의 태양을 가리키며, 해가 한 바퀴 돌 동안 약을 세 번 먹이라는 시늉을, 마누라를 둘 가진 아이 아버지는 한참 후에야 알아들었다.

가무잡잡한 또 다른 아이를 안고 있는 좀 더 젊은 여인은 해진 얼굴 가리개로 애써 얼굴을 감싸 숨기려는 모습이 예쁜 얼굴이다. 나는 그 원주민이 알려주는 방향으로 급히 달아나며 제롬에게 소리쳤다.

"엇, 제기랄…. 인마, 우리보다 낫지 뭐냐…. 젊은 마누라를 둘이나 데리고 사니 말이다."

제롬이 입을 풍선처럼 부풀렸다 터트리곤 양팔을 벌리며 소리쳤다.

"야, 저 사람들 텐트가 하나밖에 없던데…. 밤에는 양팔 베개 해주며 같이 자겠지?"

에고… 인심 좋으신 이슬람의 하느님, 우린 하나도 벅찬데….

붉은 먼지 속 보름달

사바나 초원 속에서 잃어버린 바시쿠누 마을을 찾아 초원의 원주민이 알려주던 그의 손가락 방향을 나침반에 올리고 한 시간 이상을 달렸다. 불안한 마음 그지없다. 원주민 손가락 방향을 믿을 수밖에 없어 무턱대고 달리는 심정 한심하기도 하고, 허기진 눈은 감감해 온다. 그런데 웬일인가?

산 하나를 돌아 나오니
지평선 쪽으로 넘어간 앞선 행렬이 일으킨 먼지가
붉은 황토빛으로 피어올라 있고
그 아래 산자락에 보름달이 걸려 있는 양이,
산보다 큰 얼굴로
산허리에 내밀고 있는 것이 아닌가!

내가 아이였다면
저걸 달이라고 믿지 않을 것이다.
달이기엔 저 달은 산보다 더 큰 형상으로
여태 나는 저렇게 큰 달을 본 일이 없다.

방아 찧는 토끼 형상이
연연히 들어앉은 아프리카의 달은
고즈넉한 초원의 평화를 깨고
먼지 천지로 분탕질을 해대는 우리 모리배들을
마음에 담아두고 내려다보는
어머니 같은 얼굴이다.

442.50km. 바시쿠누 마을 어귀에서부터 인가가 띄엄띄엄 나타나며 기겁하는 차 소리에 놀란 낙타들이 벌떡 일어나고, 개도, 염소도 달아나기 바쁘다. 자동차라는 걸 많이 경험하지 못한 이곳 개들은 마치 우리를 덩치 큰 순한 짐승쯤으로 알고 만만하게 달려들기도 하며 장난을 건다. 그리고 희한한 것은 이곳의 염소들인데, 움직이는 모양새가 개처럼 활발하고 뭘 먹을 땐 앞발까지 사용하는 것이 신기하다. 마을로 들어서니 길에 평화로이 드러누워 있는 소들과 서있는 당나귀들이 아예 비켜줄 생각을 않는다. 무슨 이런 것이 있냐'는 듯 큰 눈으로 우리를 바라보기만 한다. 나는 빨리 가야 하는 심산에 애가 닳아,

"진짜 너희들은 소, 당나귀구나."

하고 분통을 터트렸지만, 나중에 알고 보니 마을 외곽으로 지나갔어야 할 구간 코스를 우리가 마을 안으로 들어와 버린 것이다.

"에궁… 미안."

480km. 단단한 황토 땅과 모래펄 사이는 도로 턱에 부딪히는 충격만큼이나 크게 우리 주자들을 힘들게 한다. 권투 선수가 강한 주먹에 턱을

몇 번 굴러 찌그러져도 개선장군처럼 접선 구간으로
들어오는 주자들.

맞았을 때만큼 아찔하다. 차가 깨지듯 내는 충격음이 차 안에 울려 아주 큰 총소리가 난다. 이제 우리 애마는 더 이상 베르사유 궁전을 떠날 때의 화려하고 멋진 색깔의 모양새는 아니다. 더럽기는 집시들 차보다 더하다. 대부분 한 번쯤 굴러 마름모꼴이 된 채 그냥 달리는 차도 있다. 우리 차도 튼튼한 벨트로 감싸 묶고 달린 지 오래다. 찌그러지고 부서지고 한 귀퉁이는 아예 없다.

522.90km. 예비 연료 탱크가 새고 있다. 예비 연료 탱크는 차 뒷좌석을 없애고 그 자리에 200L 탱크를 설치한 것인데, 오후부터 나던 기름 냄새의 이유를 찾아냈다. 하지만 그걸 막을 방법이 없다. 아직 70km가 더 남았는데 불안하고 참기 역겹다.

끝없는 밤으로의 여로

밤과 그 밤의 사막 속을
깊이깊이 들어가고 있다.
이젠 먼지도 보이지 않는
검은 세계의 심연은
대체 얼마나 깊은 것일까?

들어가도 들어가도 끝나지 않는
그 깊은 사막에 내린 밤은
날 어린아이로 만들어 두려움에 떨게 하고
그 언저리에 멈칫멈칫 다가오는 외로움은
차라리 소리 내어 울어버릴 수 있는 것이었으면….
멀리 집 생각 간절하다.

구름에 가려진 하늘 건너편에는
별들이 초롱초롱하다.
저들은 내가 보아왔던 그 정다운 별들이 아니라
모두가 딴 자리에 이방인처럼 앉아있다.

이 지경에… 아무래도 또 길을 잃어버린 것 같다. 한 시간 이상을 달려 온 지금까지 집도, 나무도 보이지 않고, 우리와 휩쓸려 함께 가야 할 한두 대의 경주 차(우리 같은 가난한 주자는 4팀을 묶어 1대의 정비 차를 고용했

으므로 그 4팀은 흩어지면 고장이 날 경우 불리함.)도 흔적을 찾을 수 없다. 나는 어둠 속에서 제2 주파기를 틀고 계산 시계도 작동시켰다.

570km. 달리던 차가 갑자기 휘청거린다. 보고 있던 로드 북에서 고개를 드니 차보다 큰 야생 낙타 두 마리가 차창 앞을 다 가리고 있고, 그걸 피해 내려 제롬은 온갖 몸동작을 다 해내고 있다. 맙소사… 놈들은 차 앞을 그냥 건너가는 것이 아니라 뛰어들었다. 놀라 우리의 전진 방향으로 같이 방향을 틀어 도망가는 것이 아닌가? 그건 도망이 아니라 같이 달리자는 것인데….

"염병할 놈들…. 어엇…. 지랄… 머저리!"

제롬의 신음 소리가 들린다. 차암 놈은 신음도 욕으로 한다.

나는 본능적으로 몸을 길게 버티며 두 손으로 양쪽 어깨의 안전벨트를 잡았다.

"비켜, 개똥 같은 놈! 비키란 말이야…! 머저리 새끼!"

그리고 앞 범퍼에서 '우두둑 툭툭' 소리와 함께 차는 뒤집힐 듯이 또 한 번 휘청거렸다. 제롬이 갖은 방법으로 놈들을 피해보려 온몸으로 노력했지만, 한 놈의 뒷다리 부분과 부딪히고 말았다. 그래도 다행이다. 놈들은 차와 세게 부딪히진 않았는데 400m나 훤히 비추는 우리 차 서치라이트 앞을 내달리더니 방향을 틀어 어둠 속으로 사라졌다.

"휴우."

나는 긴 한숨을 쉰 후 맥 놓고 있는 제롬의 어깨를 두들기며 위로해 주었다.

"역시 넌 최고야."

우린 차 앞으로 나가보았다. 압박 벨트에 더덕더덕 묶여있는 차 범퍼에 낙타 털이 엉겨있다. 다행히 덜렁거린 범퍼가 완충작용을 해 놈들을 살린 것이다. 그게 딱딱하게 차에 고정되어 있었다면 놈들이 많이 다쳤거나 우리 차에 충격도 컸을 것이다. 그 녀석 다리가 많이 다치지 않았으면

집 생각 간절하다.

좋으련만. 지난번 대회 때, 낙타와 부딪혀 녀석들 몸체가 앞 유리를 깨고 차 안으로 통째로 들어오는 바람에 크게 다친 사람도 있었다. 긴 낙타 다리로 인해 그들과 부딪히면 차 안으로 그대로 낙타 몸뚱이가 들어오니 대회 본부에서 야생 낙타를 조심하라는 지침을 받은 적 있는데, 오늘 밤 우리가 그 일을 당할 뻔했다. 나는 낙타가 차 앞을 뛰어들 때까지 제롬이 졸았거나 방심했으리라 생각되지만, 최선을 다해 낙타를 피해 낸 그를 탓할 수 없다. 그래도 나는 말없이 달리고 있는 놈의 코털 수염을 쳐다보며 말했다,

“근데 인마, 아까 그 위급한 순간에 처리 운전만 해야 할 놈이 너 주둥이는… 쉴 새 없이 움직여 욕을 해대더구먼. 차-암 신기하다. 거의 본능적 수준이야…. 아마 넌 태어날 때부터 욕을 배워 나온 거 아냐?”

귓속에 총소리가 날 정도로 제롬은 주먹으로 내 헬멧을 쳤다.

“살려주니까 까불어…. 인마, 길이나 찾어!”

엔진 과열로 불타버린 모터사이클.

불타버린 모터사이클 앞에서 울고 있는 주자. 우리는 그에게 우리의 비상식량을 다 주었다. 그가 구조되려면 삼사일은 걸리기 때문이다.

모래 폭풍에 묻히다

지옥의 랠리 열일곱째 날

무더위

네마Nema-티지크자Tidjikja. 735km. 스페셜 스테이지. 총 주파 10,120km.

마의 트리플 스페셜

사하라 횡단의 하이라이트 3구간이 시작되었다. 하이라이트 구간이라는 말은 기자 놈들이 붙인 말이다. 우리는 이 구간을 마의 트리플 스페셜이라 부른다. 가장 험난하고 복잡한 사막 준령을 넘으며 가장 많은 경주 주자들이 다치고 조난 당하는 구간이기 때문이다. 칼날 같은 돌과 깊은 모래가 골짜기마다 차있어 한 번의 잘못된 핸들링으로 아까운 차를 모래밭에 묻고 몸만 빠져나와야 한다. 이후 나는 나라 이름만 들어도 나를 식은땀 나게 하는 그 모리타니아의 깊은 사막은 참으로 전율적이다.

어젯밤 낙타와 부딪히는 사고와 길을 잃고 160km나 더 밤의 사막을 헤매고 난 후 간신히 비박 장소에 도착, 자정 무렵 도착 신고를 했다. 선두 차와의 차이가 이틀을 넘겼다. 50시간 차이가 나고 있는 것이다. 그 시간 차이가 72시간을 넘기면 퇴장이다. 퇴장당하면 그 차는 검은 테이프로 X 표적을 크게 붙여야 하고, 절대 경주 구간 안으로 들어오지 못한다. 대부분 퇴장당한 주자들은 불명예스러운 X 표를 받으면 경주장 부근을 서성이지 않고 곧장 돌아가 버린다.

이제 내 차는 22시간밖에 남지 않았다. 나는 내 나라의 첫 주자이고, 많은 인터뷰에서 밝혔듯 선진국 대열에 들어가고 있는 우리가 누구인가를, 이 대회에서 뭔가를 보여 주어야 한다. 만약 퇴장당하거나 이 경주를 포기해야 하는 일은 한국 젊은이의 기개와 자존심을 돈 들여 상하게 하

전율적인 모리타니아의 검은 산. 길도 없는 저 산을 우리는 차로 넘어야 했다.

는 꼴이 된다. 참가하지 않아도 될, 국가 위상이 걸린 선진국 놀음에 괜히 참가하여 죽을 둥 살 둥 하다 창피만 당하고 쫓겨나 버리는 것은 죽기보다 싫은 일이다. 나는 긴 숨을 들이쉰 후 어둡고 추운 새벽, 먼지 바람에 날리고 있는 태극기를 만지며 중얼거렸다.

"조상님들…, 한 번도 이곳에 올 일 없었던 조상님들 이리 좀 오이소…. 내가 지금 조상님들만큼 위대한 일은 않고 있지만, 잘난 저놈들에게는 지기 싫습니다. 태극기 때문에 돌아가신 조상님들은 햇살을 타고 낯선 이곳 사하라로 오셔서 나 좀 도와주이소…."

새벽 3시, 브리핑 이후 벌벌 떨며 선 채 커피를 마신 후 4시에 출발. 나와 제롬도 마찬가지지만, 대부분 주자들이 잠을 설치곤 보이지 않는 밤 속으로 또 사라지고 있다. 마치 이 밤에 무슨 일이 난 것처럼. 아무튼, 이 사람들도 참 독하다. 그들 끈기와 계획성엔 혀를 내두르게 된다.

285km. 후우, 또 죽었구나!

(기도). 조상님들, 이 사하라로 오시어 죽을지도 모르는 단군 자손 하나 제발 좀 도와주이소.

푸조 차 한 대가 첫 새벽 어두운 언덕 쪽으로 날아가 버렸다. 그 차는 차 안에 둘러쳐진 구멍 파이프까지 엿가락처럼 휘어지고 부서져 있다. 내가 그토록 좋아했던 이 경기가 정녕 죽음의 놀음인가? 원시의 자연과 메커니즘 그리고 인간 중 정녕 깨지는 것은 수리 불능의 인간뿐임을 이곳에 와서야 깨닫게 된다.

조금 전 아침 먹다 커피에 손을 데어 펄펄 뛰던, "퓨딴, 퓨딴, 부따나(더러운, 더러운 창녀)!"라고 욕을 해대며 손을 털던 느와시 르섹 팀의 주자였다.

"…오, 퓨딴, 퓨딴 Ce'st pas Possible(아니야 정말이 아니야) 퓨딴…."

차 사고를 탓하며 나는 조금 전 브리핑장에 들어가기 전 쏟은 커피에 욕을 하던 그를 나도 모르게 따라 하곤 '퓨딴'이라고 달리는 와중에도 계속 중얼거렸다. 항상 싱글거리던 좋은 친구였는데…. 하느님, 잘 거두어 주십시오!

지옥의 산맥 계곡

나침반 250°. 호갈 산맥.

새벽 주자의 죽음에 나도, 제롬도 기가 꺾여버렸다. 죽은 귀신이 붙잡는 듯 차 속도가 붙질 않는다. 몇십 미터 깊은 모래를 죽는소리로 빠져나가면 돌밭이 나오고 눈이 아플 만큼 머리가 흔들리며 그곳을 지나오면 모래와 돌이 섞인 지표가 나오고… 참으로 지독한 악조건이 끝없이 계속된다.

마음이 뒤집혀 어지러움이 계속되더니
구토가 나와 잠시 돌밭 위에 차를 얹어놓고 밖으로 나왔다.
제롬이 내 등을 쳐주었지만
입에서는 침밖에 아무것도 나오지 않는다.
허리를 펴고 충혈된 눈을 드니
멀리 사막 끝에서
노랗고 붉은 아침이 피어오르고 있다.

이마에 손을 얹으니 열이 뜨겁다.
나는 몸을 묶은 안전벨트에 두 손을 잡은 채
끝없이 흔들리며
미망과도 같은
꿈과 무의식에 빠져들고 있다.
"설마 이대로 죽는 건 아니겠지?"
혼자 중얼거리며
가물거리는 의식을 붙잡으려 안간힘을 쓴다.

우리가 지나는 이곳은 적도 북부.
지구상 가장 사람이 살기 어려운
인간이 갈 일 없는 곳이다.
이제 며칠, 이 마의 산맥 계곡만 빠져나가면
꿈같은 대서양이 나온다.
나 얼마나 그 바다를 보고 싶어 했나?
거기까지는 죽어도 가야 한다.

348km.

"엇, 퓨딴… 부따나!"

제롬의 고함 소리에 눈을 뜨니 우린 와디 속 먼지 구름에 갇혀 있다. 몇 십 미터씩 간간이 시계가 열리고 그 공간을 차지하려 제롬이 옆 차 파일럿 놈들에게 내지르는 욕설이다.

"엇, 창녀 같은 놈. 비켜 인마…! 퓨딴… 죽을래?"

다른 랠리 경주에선 상상할 수 없는 욕지거리들이 이 파리-다카르에서만은 예외이다. 벌써 보름이 훨씬 넘도록 제대로 자지도 먹지도 못한 채 목숨 걸고 죽기 살기로 달려온 놈들이라 눈은 충혈돼 뒤집혀 있고, 모두가 한계를 넘어선 상태다. 비박 장소에서 싸우는 놈들도 있다. 나는 제롬에게서 핸들을 받고 싶었으나 튀어나온 돌에 부딪히며 차는 깨지는 비명을 토해냈다. 지금 이 순간은 차를 멈추게 할 수도 없다. 시계 제로의 먼지 속에서 무조건 달려오는 뒤차에 들이받히기 때문이다.

오후 2시. 평균 시속 20km. 검은 바위 밭을 지나 바람에 만들어진 모래 산을 이 속도로 한 시간 반이나 걸려 빠져나왔다. 그런데 이게 웬일

처참한 모습으로 변해버린 느와시 러섹 팀의 푸조 차. 차 내부의 생명 바도 엿가락처럼 휘어버렸다.

인가?

모래 산을 돌아 나오니
눈앞 세상이 온통 부옇고 노랗다. 그리고
연이어 차에서 깨 볶는 소리가 시끄럽다.
모래 폭풍이다.
지독한 바람이다.
바람의 세기에 따라 하룻밤 사이
모래 산 몇 개도 옮겨버린다는
대단한 기세의 폭풍이다.

몇 번 뒹군 후 찌그러지고 문이 떨어져 나간 느와시 러섹 팀의 또 다른 차.

모래를 막기 위해

뜨거운 차 안의 창문을 다 닫고 나니

폐와 얼굴이 솥뚜껑 안처럼 데워지는 것 같다.

미칠 것 같다.

창과 차체를 때리는 억수 같은 모래 알갱이는

소리만 들어도 따갑다.

생명이 다해 가는 머신의 온갖 부분을

저 모래가 파고들 것만 같다.

히치콕의 영화『새』속의 새들처럼

이 모래 알갱이들이 내 머신을 다 쪼아대

만신창이로 만들 것만 같다.

머신이 나보다 먼저 죽을 수도 있을 것 같아
두려워진다.
차를 휘청거리게 하는 이 폭풍 속에
불쌍한 우리 애마는
그래도 아슬아슬하게 잘도 달려가고 있음이 고맙다.

저쪽 하늘 위로 뱀 같은 모래바람이
긴 기둥으로 오르고 있다.
끝없이 하늘로 높게 차오르고 있는
그 모래 회오리바람은
우리 차를 더 크게 흔들어댄다.
모래를 기둥처럼 감아
하늘로 솟구쳐 올리고 있는 이 사하라는
정녕 지옥으로 가는,
나만 눈 뜨고 있게 하는
동화 속 세계의 환영이다.
뜨거운 적도의 햇볕 속
창문 닫힌 양철 지붕 아래 갇혀
얼굴과 내장이 타오르고 있는
살아있는 지옥 말이다.
더 높이 올라간 차 안의 열기에
신열이 올라 뜨겁던 내 머리는
아무것도 아닌 것처럼 무색해져
아픈 것도 모를 지경이다.

공포의 모래 폭풍. 시계 제로의 주행 20분은
지금도 악몽으로 남아있다.

보온병 속 얼음물에 바스티스를 타

깊게 몇 모금 마셨다.

초록빛 짙은 박하 향이

차갑게 가슴으로 스며든다.

살 것 같다.

운전 중에 알코올 기운이 있는 바스티스를 마시면 온갖 잔소리를 해댈 제롬이지만 어째 그는 아무 소리 없다.

죽음의 20분, 악몽의 주행

바람이 차를 더 흔들어대더니 이윽고 신기루 같은 노란 모래 먼지가 우리 차를 감싸버렸다. 시계 제로. 아무것도 보이지 않는다. 문제는 이곳에서 절대 차를 멈추면 안 된다는 것이다. 모래가 깊어 이런 곳에서 멈췄다 움직이면 차바퀴는 점점 수렁 같은 모래 속으로 빠져들기에 차를 버리는 것 외엔 별도리가 없다. 이미 그 사고로 수십 대의 차가 경주를 끝내는 것을 익히 보아왔다. 한 대당 수억, 수십억 원을 들인 차들이 말이다.

멈출 수 없는 일이다.
그런데 모래 폭풍 속 앞이 보이지 않는데….
내가 어찌해야 하는 건가?

소금 실은 낙타 대상과 반대쪽으로 달아나는 이륜, 사륜 주자들.

계속 가느냐… 멈추느냐… 갓떼뭇!

시계 제로!

나는 계속 차를 움직였고,

앞에 절벽이 나타나건

바위가 나타나건

죽음을 향해 달릴 수밖에 없다.

이 위험한 주행이,

여기까지 와서

모래에 차를 묻는 것보다 나은 일인가를

판단할 이성조차 망각된 시간이다.

절벽으로 달려가고 있을지도 모르는 차 안에서

미쳐 나갈 것 같더니

뜨거운 차 속이지만 갑자기

한기 같은 소름이 돋는다.

베토벤 7번 3악장 아다지오가 떠오른다.

그 음악을 들으며

꿈결 같은 잔디 위 평원을

시속 397km로 달리고 있는

겁 없는 내 모습이 환영으로 나타난다.

시속 50km도 안 되는 지금

이리 죽음의 두려움에 떨고 있다니….

아니, 나는 지금 실제 죽어가고 있는지도 모른다.

돌산도 낙타는 별것 아니어 하루에도 몇 개를 쉬 넘건만 우리는 죽어나는 소리를 내며 간신히 간신히 산을 넘는다.

안절부절 제롬도 내게 나침반 방향만 손가락질해 줄 뿐 쥐죽은 듯하다.

391.50km. 갑자기 시계가 무한으로 열리고 파란 하늘이 보인다. 마치 벽 하나 사이를 걷고 나온 듯한 우리는 앞이 안 보였던 모래 폭풍 속, 죽음으로의 명상은 사하라의 신기루처럼 내 안에서 사라져 버렸다. 아! 다시 보이는 세상이다. 또 달리자.(사실 나는 이 경주를 끝내고 파리로 돌아온 이후로도 몇 년간을 그 악몽의 순간이 연상돼 소위 말하는 '전쟁 공포증'으로 고생했다. 가슴이 답답해지고 얼굴이 뜨거워지며 몸 둘 바를 모르고 당황해지는 병 말이다.)

부족 마을을 돌아 다시 사막으로 진입. 나침반 250°. 모래 먼지 가득한 마른입 속을 인삼 물로 씻고, 보리 빵을 모래알처럼 씹으며 요기를 했다. 열이 오른 몸은 계속 식은땀이 흐른다. 라디에이터도 나처럼 정상보다 더 열이 올라있어 불안하다. 사람은 열이 올라도 쉬 죽지 않겠지만 머신은 죽을 수 있다. 주파 기록 게이지는 경주 구간 거리보다 약 1,500km를 더한 11,500km를 넘었다.

466km. 나침반 정서 방향. 와디와 모래 산줄기를 간신히 빠져나가니 한 그루 에삐나(가시나무) 밑에 낙타 대상이 쉬어가고 있다. 저들이 마시는 놀랄 만치 단 차 한잔 얻어 마시고 싶은 마음 간절하지만, 시간이 없다. 나는 크게 손을 흔들어 주며 그들을 지나쳤다. 그들도 우리에게 손을 흔들어 주었다.

505km. 긴 사막 모래가 끝나고 마지막 같은 산줄기가 우리 눈앞을 가득히 막고 서 있다. 쇠진한 몸은 체념이 앞선다. 낮은 골을 찾아 왼편으로 2km를 내려와 공격 루트를 정했다. 차에서 내려 제롬과 나는 지점 지점에 표시를 하고 허세를 부리듯, 액셀러레이터를 끝까지 밟아야 함을 서로에게 상기시켰다. 세계 최고의 조종 운전자들이 무슨 짓인가 싶지만, 공격 운전은 체력과 용기가 있어야 함인데 저 산을 넘기엔 우리 둘 다 체력, 용기 모두를 상실해 있었기에 서로에게 주의를 환기시키는 것이다.

분홍빛 모래 산 공격

경주 본부 시각 16시 20분.
가공할 일이다.
넘어야 할 산은 몽환적인 분홍빛으로
아름답기까지 하다.

아무리 보아도
이쁜 마녀들이 골짜기 어디쯤 살고 있을 것 같은
유혹적 자태의 모래 산이다.

오르다 물러나기를 3번째. 산마루터기 왼편의 십여 미터를 넘지 못하고 차는 심장이 터지는 소리를 내며 헛바퀴질만 했다. 우리는 다시 물러나 공격을 포기하고 지표를 삽으로 고르고 장비를 풀어 받침대와 담요 깔개를 깔기로 했다.

"제기랄, 창녀 같은 년…."

"부따나… 퓨딴, 퓨딴…."

애꿎은 차를 욕하며 발로 걷어찼다.

"힘 아껴, 인마…. 성깔 부리지 말고."

제롬의 빈정거림에 더 약이 오른다. 하기야 하루에 몇 번씩이나 그녀(차, elle) 밑으로 기어들어가 담요를 깔고 폈다 접었다 하니 창녀가 아니라 창남…, 그래 창남 맞아, 우리가 말이야… 염병할…."

경주 본부 시각 17시 35분.
한 시간 동안 분홍색 모래를 퍼내고
담요를 깔아가며 사투를 벌인 후
산등성이까지 차를 올려놓은 우리는
이 산에 보호색을 하고 사는
분홍색 파충류가 되어있다.
종일 얼굴에 들러붙어 이글거리던

해가 먼 지평선에 걸려있고
그쪽 등성이에서
조그만 어깻숨을 고르고 있는 제롬이
티베트 목각 승려처럼
새카맣게 앉아 가엾어 보인다.
살아서 파리에 돌아가면
제롬을 엘리제 궁 옆에 있는
최고의 식당 '맥심'에 데려가
그가 좋아하는 'Fruit de Mer(생굴과 조개, 게 일품요리)와
알자스 산 백포도주로 초대해 위로해 주리라.

먼지 가득한 입에 침이 고인다. 바보같이… 죽을지도 모르는 놈이 이 먼 곳에서 그런 호화로운 저녁을 기대하다니….

612km. 기적처럼 잘 참고 견디던 차가 기어이 터지고 말았다. 라디에이터로 이어지는 고무 튜브가 터지며 폭발한 것이다. 우리는 차 앞 덮개를 열어놓고 뜨거운 물과 김이 빠지기를 기다리며 낙담한 채 차에 기대 주저앉았다. 우리가 가야 할 쪽으로 해는 뉘엿뉘엿 지고 길 없는 암담한 사막. 노을빛이 잔인하다. 바스티스를 물에 타 한 잔씩 한 후 우리는 라디에이터를 통째로 뜯어냈다. 냉각장치 틈새마다 모래 먼지가 엉겨 붙어있다. 접촉이 안 좋았던 배터리도 뜯어냈다. 해는 언제 넘어갔는지 우리 주변으로 스멀스멀 어둠이 기어들고 헤드라이트를 쓰고 있는 제롬의 분홍빛 얼굴은 어느새 새카만 기름때로 범벅이 되어있다. 그로테스크한 피카

소의 자화상 같은 그 얼굴에 웃음이 터져 나올 것 같다. 나는 짓궂게 제롬의 턱을 불빛 쪽으로 살짝 들어보며

"여어, 인마, 이제 보니 너 잘생겼구나. 분홍색 분칠에, 검은…."

"너 미쳤구나 이제."

제롬은 내 팔을 떨쳐내며 고함질렀다.

"넌 인마, 경주 끝내면 세네갈에 남아 다카르 정신병원에서 좀 고치고 와야겠다…. 이대로 파리 가는 건 안 돼, 인마."

밤 10시가 넘었다.
먼지가 엉겨 붙어있는 라디에이터가
일을 더디게 하고 있다.
우리는 하던 일을 접은 채,
커피를 끓이고
비상 통조림과 마른 빵으로 저녁을 먹었다.
이 사막 판에서 온갖 것들을 다 풀어헤쳐 놓고
이 꼴이 뭔가.

언젠가 이곳 사막 판에서 사라져 버린
생텍쥐페리가 연장 가방을 들고
어린 왕자와 함께 좀 와줬으면 좋으련만….
아니 지쳐 빠진 내게
몸이 무겁지 않은

독일 병정 같은 삼륜 주자들. 그들도 얼마 후 퇴장당했다.

손가락만 한 어린 공주가 나타나
모깃소리 같은 작은 말이라도
걸어줬으면 좋겠다.

달은 하늘 높이 두둥실 떠 있고
은빛 천지,
몽롱한 정신은
툭툭 떨어질 것 같은 별을 하나쯤 받으려고
이 밤새 기다리고 싶다.
힘들고 외로운 이곳으로
누군가 아무나 와줬으면 좋겠다.

바람은 너울 같은 세시를 펼치고, 사막은 그 위에 오후의 태양에 달궈진 나신裸身을 눕힌다.

모리타니아의 마지막 밤. 새벽에 도착하자마자 별 밭 아래 죽은 듯이 잠들어버렸다.

굿바이 모리타니아 사하라

지옥의 랠리 열여덟째 날

황사

티지크자Tidjikja-아타르Atar. 458km. 스페셜 스테이지. 총 주파 10,578km.

여기자의 화장실 보초가 되다

사막에서 차를 수리해 새벽 3시 30분에야 비박 장소에 도착했다. 도착 신고 후 텐트도 치지 않고 맨바닥에 깐 침낭에 들어 별 밭을 천장 삼아 잠이 들었다. 쇠약해진 몸이 아픈 건지 허기 때문인지 하늘이 빙글빙글 돌아 한참을 몸부림치다 눈을 뜨니 새벽바람이 몹시 거세다. 바람이 훑고 간 침낭과 얼굴은 모래투성이가 되어있다. 손으로 모래 가루를 털어내는 것이 아침 세수다. 우리에게 양치 이외의 물 사용은 이 사막 한가운데서 꿈같은 일이다. 꼭 세수를 하려면 사람들이 보지 않는 곳에 숨어

조난 대비용 45L 비상용수를 내려 조금 사용할 수 있을 뿐.

6시 30분. 임시 정비소 천막으로 가 타이어 4짝을 갈고, 가스 업소버 완충장치를 앞쪽 두 타이어만 갈아 끼우려 차 밑에 들어가 누웠다. 졸음이 몰려든다. 지금 며칠째 하루 2시간여의 수면으로 견뎌내고 있다. 내가 사하라에서 본 신기루는 반은 진짜 신기루였을 것이고, 반은 수면 부족으로 비몽사몽간 본 헛것이었을 것이다. 어떠하든 내가 살아남아 계속 달리기 위해선 신기루든 헛것이든 무시해 버리고 나침반 방향으로 가는 것뿐이다. 대회본부 브리핑에서는 오늘 구간이 가장 위험한 구간이니 누누이 조심하라 이른다. 브리핑장에서 AFP 종군 여기자 소피가 내 옆에 와,

소피와 나.

“사바? 사바… 뚜아?”

하며 인사를 한다. 나는 귀찮은 듯 눈 대신 두 뺨을 비비며 졸리는 시늉을 하자 그녀는 마시던 커피를 내게 살짝 건네준다. 한 모금 마시고 잔을 다시 돌려주니 다 마시라 권한다. 아무튼, 소피는 끝내주는 홍일점 기자다. 본래 그녀가 나만 보면 “사바… 사바.”라고 하는 인사는 프랑스 사람들이 종일 입에 달고 사는 인사다. ‘괜찮아?’, ‘좋아?’ 그런 뜻인데, 옛날 일본 유람단이 프랑스에 처음 와 보니 모든 사람이 하루 종일 “사바, 사바”라는 말만 낮은 음성으로 자주 하는 걸 보곤 ‘사바사바한다’는 비어가 일제 강점기에 우리나라까지 들어와 누구와 은밀히 작당한다는 뜻이 되어버렸다.

정말 소피는 나만 보면 사바사바다. 내게 그녀가 특별히 친절한 이유가 있다. 이 넓은 사막 평지에 여자가 마땅히 볼일을 볼 곳이 마땅치가 않다.

그래서 3~4km 차를 타고 나가야 하는데 소피는 곧잘 나를 멀리 데리고 가 뒤로 돌아 가리개 겸 보초를 세우고 볼일을 본다. 이제 제법 나도 이골이 났고, 사막 판에서 여자 혼자 얼마나 힘들까를 동정해 놈들이 뭐라든 소피에게 기꺼이 그 봉사를 해주고 있다. 그래서 그녀는 나만 보면 "사바, 사바(괜찮아? 괜찮아?)?" 하며 애교 넘친 인사를 하는 것이다. 그녀는 산전수전 다 겪어 눈치 빠른 노련한 기자로, 동양인이고 은밀해야 할 생리 현상을 감히 빈정거리지 못할 나를 택했으리라 짐작된다. 그녀 또한 유익한 경주 정보를 자주 내게 이야기해 주기도 했다. 이후 나는 파리로 돌아가 그녀와 그녀의 친구들과 저녁도 먹고 카페에도 갔었지만, 나는 한 번도 사막 판 화장실 보초 에피소드를 그녀 친구들에게 꺼내본 적 없다. 경주 주자가 비박 장소에서 여기자 화장실 가리개, 보초 서준 일은 나도 좀 자존심 상하는 어설픈 얘기이기도 했으리라.

31.24km. 평균 진행 방향 0°. 각도 깊은 돌멩이 밭과 마른 와디의 연속. 차가 굴러만 가주고 시간만 가주기를 애타게 기다린다. 로드 북에는 위험이라는 표시가 새로운 안내 때마다 계속 나오고 있다. 그런데 마른 강 건너에서부터 피할 수 없는 돌산이다. 벌써 숨이 차 온다.

66.20km. 칼날 같은 돌무더기 산등성이. 한 벼랑 한 벼랑 필사적으로 공격하고 또 공격하는 것 외에 다른 방법이 없다.

강 옆 산허리에 붙다 실패한 경주자들이 건설 현장 인부들처럼 삽질과 곡괭이질로 어지럽다.

"제길… 이게 어디 자동차 경주냐…? 막노동에다… 대체 차를 가지고 등산을 해야 하다니…."

구경나온 마을 노인들. 색색의 터번이 정겹다.

신경질이 절로 나 머리에 김이 날 지경이다.

"이 대회 만든 놈부터 나까지 다 미친놈들이야. 야, 너도 마찬가지야, 인마!"

나는 곡괭이질을 하다 말고 제롬에게 손가락질하며 고함을 질렀다. 제롬은 삽질을 하다 파낸 돌 하나를 들고 와서 내게 건네고선 그 돌에 내 머리를 부딪쳐 보라 한다.

"다카르 정신병원까지 갈 필요 없을 듯해. 전기 충격 대신 이 돌로 해 봐. 넌 이 충격 요법이 더 나을 것 같아, 인마."

관능의 사막, 그 여인의 아름다움

새벽에 갈아 끼운 타이어가 다 닳고 찢어졌다. 모리타니아 사하라 산맥 계곡은 지나는 여행자가 통행세 대신 죽음이나 그에 상응한 수고를 바쳐야 한다. 수많은 낙타 대상들이 이곳에서 뼈를 묻어야 했고, 유럽에서 온

탐험대들이 이곳까지 와 물이 떨어져 되돌아가지도 못한 채 아사했던 곳이다. 우리 경주자들에게도 가공하리만큼 넘기 힘든 마의 벽이다. 모래와 날 선 돌멩이들 사이에 깊이 박힌 타이어는 죽는시늉으로 차체를 떨며 빠져나오려 하지만 타이어는 연기만 내뿜는다.

98km. 돌투성이 사막은 차가 빠지는 것도 지옥이지만, 그 위를 터덜거리며 달리는 성가심도 충분히 미칠 지경이다. 북쪽 능선 공격에 3시간을 허비했다. 능선을 넘어 황토빛 모래 산줄기를 타고 내려오니 예닐곱 대 차들 주자들이 삽질을 해대고 있다. 30° 이상 경사를 잘못 밀려내려 아래쪽 와디까지 내려온 것이다. 아서라. 분명 저들은 마른 강 아래까지 가서 돌아와야 할 일이다.

침묵 같은 저 사막 곳곳에서도 사람들은 생을 일군다.

119km. 지형지물이 없어지고 아득한 열린 공간 속으로 내려가고 있다.

그런데…
우리가 빠져나온 계곡 끝에는
형언할 수 없는 경치가 우리를 맞이한다.
정녕 처녀의 젖무덤을 닮은 모래 봉우리들이
까마득히 펼쳐져 있는 게 아닌가?
나는 생전 처음 보는 그 많은 가이아(Gaia:대지의 여신)의 젖무덤을
차마 오르지 못하고 빠져 돌기만 했다.

"인마, 너 왜 그래 운전을…?"

제롬이 돌았냐는 표정으로 투덜댔다.

"작은 건 치고 넘어. 시간 없어, 인마."

"야, 제롬… 치고 넘기에는 너무 예쁜 처녀 가슴 같잖아…?"

"야 인마, 너 또 미쳤구나. 확실히 미친놈. 미쳐도 이젠 색색깔로 미치는구나. 맙소사! 저게 처녀 가슴이라고? 아이쿠 하느님 쯧쯧쯧."

정말 그 모래 봉우리들은 처녀의 예쁜 젖무덤을 너무나 닮아 험한 차로 쳐 올라 뭉개기엔 아깝고, 그러면 내가 무슨 못된 짓을 하는 것 같아 차마 마음만 조마조마. 바람이 사막 모래를 제 맘대로 휙휙 그어 만든 기막힌 예술품이다.

"야, 니스 칸느 해변(그곳 해수욕장은 여자도 남자도 하의 한 조각만 입고 수영함.) 여자들 것보다 훨씬 낫다 야. 짝짝이, 처진 것들보다…. 야, 봐 인

마, 이건 선탠 잘한 완벽한 처녀 젖가슴이야… 흐흐흐.”

제롬이 고개를 흔들며 손가락으로 놈의 관자놀이에 또 송곳을 파더니 핸들을 빼앗았다. 그리고 정말 스스럼없이 그 젖무덤들을 잔인하게 뭉개 부수며 힘껏 치고 나갔다. 못된 놈.

196km. 몇 번 사막이 열렸다 닫혔다. 지금 여기까지 와 있는 것도 의문이 들 만큼 혼돈이 왔다. 최근 만들어진 모래 산줄기들을 헤쳐 나오며 로드 북과 지형이 대체 맞질 않는다. 구간 2~3km마다 나침반 방향을 40~340°로 수정하고 있으니 당연히 혼돈이 온다. 당황스럽다. 여기서 길을 잃게 되면 이젠 큰일이다. 한계 벌점 72시간 중 60시간이 넘은 상황에서 또 몇 시간을 벌점으로 받게 된다. 지표에 난 다른 차 자국들도 다 제각각이라 어느 놈 자국이 바른 방향인가를 알 수가 없다. 내가 갈 방향과 달리 엉뚱한 방향으로 여러 대의 차가 지나간 자국이 나있을 땐 갈등으로 난감해진다. 지금이 그 상황이다. 제롬과 나는 어지럽게 비껴간 차바퀴 자국 중 많은 차가 지나간 바퀴 자국을 따라가기로 결정하고 최고 속도로 내달리고 있다.

우리들 대부분 주자는 군중심리의 마력 때문이랄까, 아니면 막막한 사막에서 혼자 당할 조난의 두려움 때문에 내가 정한 나침반 방향을 무시하고 싶어진다. 그리곤 결국 많은 차가 지나간 그 바퀴 자국을 따라가게 된다.

249km. 길을 잃었다.

오아시스 마을에 도착하자 아이들이 선물을 달라 조르고 있다.

사막 양치기 처녀의 애절한 구혼

총 주파 10.84km. 모래 먼지. 섭씨 45°.

갈수록 자동차들이 지나간 피스트 자국이 흐릿해지더니 사막 한가운데서 피스트가 사라져 버렸다. 그 많은 자국을 남긴 차들이 대체 어디로 사라졌단 말인가? 제롬과 차에서 내려 쌍안경으로 사라진 피스트 흔적을 찾아보았다. 차 지붕 위로 올라가 사방을 살폈으나 아무것도 보이지 않는다. 멀리 신기루가 바다와 섬을 만들어 아른거릴 뿐 아무것도 없다. 되돌아가야 한다. 우리는 다시 차에 올라 우리가 온 길로 원점 회귀, 방향을 다시 관측하기로 했다. 조금 전 차 위로 올라가다 범퍼에 짚었던 손바닥이 데인 것 같다. 아릴 만큼 화끈거려 핸들 잡을 일이 걱정된다.

모리타니아의 검은 산 공격을 끝내고 능선을 내려오는 주자.

249km. 처음 길을 잃은 곳으로 돌아와 차 깊숙이 넣어 두었던 정밀 지도를 꺼내 사막 판에 펼치곤 지도 위 우리가 있는 지점에 나침반을 올려놓았다. 의논 끝에 우린 220° 방향으로 정하고 가장 위험한 주행법인 직진 진행을 하기로 결정했다. 우리의 결단이 정확하지 않으면 경주는 당연히 끝이지만 그게 문제가 아니다. 가다 기름이 떨어지면 그것으로 생과 사가 불투명해지는 무인지경 사막 속에서 영락없이 조난이다.

297km.
지표가 점점 검어지고
한두 대 선두 차 자국이 보인다.
그리고 한참 후

지형이 끊어지며
아득한 절벽 계곡이 우리를 막아서
입에선 휘파람 같은 탄성이 나온다.
미국의 그랜드 캐니언에 비교될만한
아찔한 절벽 아래로 빨려 들어가는
가녀린 피스트가 보인다.

일단은 로드 북 책자의 지형지물로 복귀되어
조난은 피했다.
우리의 독도법이 정확했다.
해발 5~6백 미터의 지층이 끊어진
고원의 절벽 아래로
실핏줄 같은 좁은 피스트를
우리는 전율하며 감겨 내려갔다.
장갑이 땀에 젖어 축축하다.

마른 침이 넘어가는 목구멍 아래서
금속성 신음이 흘러나왔다.
어릴 때 본 만화책 속에 그려진
깎아지른 낭떠러지가 이런 것이었구나.
대부분 우리 카레이서들의 죽음은 일순간이지만,
여기서 떨어지면 바닥에 닿을 때까지
세상 친구들에게 작별 인사도 하고
하느님께 도착 신고를 하고도

시간이 남을 것 같다.

저녁 9시 4분. 비박 장소 칭게티 도착.

뜨거운 차 범퍼에 데인 손바닥처럼 운전으로 곤두섰던 흥분 상태가 좀처럼 가시지 않는다. 아카텔사 전용기 조종사가 얼음에 채운 맥주 캔을 건네주어 마셨더니 속이 좀 가라앉는다.

마을은 먼지 속에서도 활기가 있고 사람 사는 동네 같다. 아주 험하게 헐벗은 아이들은 보이지 않는다. 저녁 식사 후 주유소에 기름을 넣으러 갔더니 동네 청년들과 여자들이 우리 차 쪽으로 몰려왔다.

이곳 모리타니아는 유럽 사람의 피가 섞여서인지 얼굴이 서구형이고

모리타니아의 험한 산악 지형. 곧 길이 없어지는 이런 곳에서 조난 당하면 수색대도 찾기 힘들다.

가무스름하니 예쁜 처녀들도 곧잘 눈에 띈다. 기름을 넣는 동안 동네 사람들이 차 안까지 얼굴을 들이밀고 차 구경을 하는데 그중에 참한 처녀가 차 안을 한참 들여다보길래,

"여… 아가씨 예쁜데…."

하고 무심코 했던 말이 문제를 불러일으키고 말았다. 그녀는 고개를 갸우뚱하더니 정색을 하고 날 바라보며, 정말 자기가 예쁘냐고 물었고 정말 자기가 예쁘면 자기를 당장 데리고 가라 한다.

"암양 두 마리만 사 주면… 그걸 아버지에게 주고 난 운전수 아저씨를 따라갈 수 있어요."

또 한 번 놀라는 내게 그녀는 정말이라며 진지한 표정을 지었다. 조수석에서 우리 얘길 멍하게 듣고 있던 제롬은 눈을 꾹 감아버리더니 의자 아래로 몸을 내리곤 말이 없다. 폴 고갱이 아내 테하루라나를 처음 구두로 소개받았을 때 그녀의 어머니에게 던진 세 가지 질문인즉슨,

"나이가 젊은가요?"

"예쁘게 생겼나요?"

"몸은 튼튼한가요?"

그리고 그날 그는 테하루라나를 25km 떨어진 그의 집으로 데리고 갔다는데 이 아가씨는 고갱도 무색할 만큼 초스피드다.

"아가씨는 예쁘지만 나는 위험한 카레이서가 직업이라, 아가씨는 분명 생과부도 될 수 있을 테니 생각 접어요."

처녀는 사라져 버렸고, 기름을 다 넣고 떠나려는 내게 그녀가 이번에는 그녀의 오빠를 대동하고 다시 나타났다. 자기 동생이 이 마을 최고 미인이니 암양 두 마리만 사 주고 동생을 데리고 가라 간곡히 청한다. 기가

바위산을 돌아 나가는 주자를 한 원주민이 응시하고 있다.

막힌다.

"아이고 불쌍한 처남, 집도 지어주고 날 평생 먹여 살려준다면… 이곳에 장가올 수 있겠네만…."

그는 쾌히 그렇게 하란다. 환장할 노릇이다. 내가 타고 있는 이 차만 가지고 오면 택시 운전사로 아주 잘 살 수 있단다. 나는 기절하는 시늉을 하며 눈을 감아버렸다. 제롬이 그들을 간신히 달래 보낸 후 내게 독설을 퍼부었다.

"야, 이 노란 멍청아. 아주 출세했구나."

"모리타니아 택시 운전사 하며 잘 먹고 잘 살아 인마!"

"…."

"근데 인마, 너 지금 장가갈 기력이나 있냐?!"

"다 죽어가는 놈이 여자라면… 쯧쯧쯧."

모래사장에 빠진 차. 아무도 그를 꺼내줄 수 없다. 끌어내 주던 트럭마저 모래에 빠져버렸다. 천신만고 끝 대서양까지 왔는데….

아침 추위에 움츠리며 바다에 나갈 일이 아득하다.

횡단의 끝, 그리운 대서양

지옥의 랠리 열아홉째 날

황사 현상 계속

아타르Atar-누아디부Nouadhibou. 571km. 스페셜 스테이지.
차 일반 점검 오케이. 연료 280L 풀 탱크.

오늘 도착 지점은 아프리카 서해안이다. 얼마나 이 순간이 오기를 마음 졸이며 기다려 왔나. 제발 오늘 코스가 사고 없이 이뤄지기를 기도했다. 이 구간 중 500km는 완전히 모래사막이다.

우리는 모래 늪과 돌 더미 밭을 만날 때마다 사력을 다해 밀어붙였다. 무의미하게 타는 사하라의 긴긴 해를 바라보며 서쪽으로 서쪽으로 횡단해 온 눈물겨운 내 욕망이 가련하다.

천지는 황사 현상으로 붉고, 지표면으로 깔리는 모래바람은 시계를 몹시 좁히고 있다. 바람에 쓸려가는 모래는 사람이든, 차든 부딪히는 모든

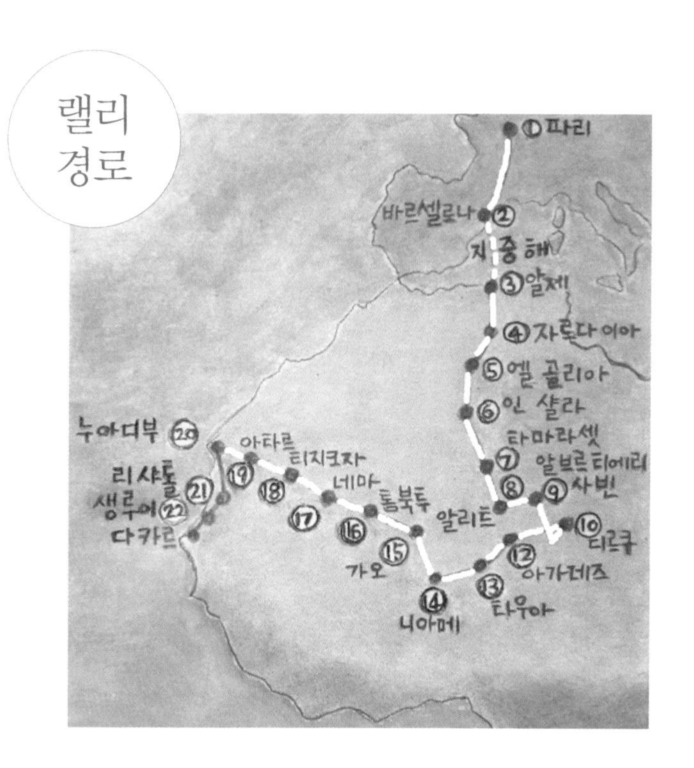

걸 무자비하게 덮어버릴 기세다.

100km 이후부터 모래 상태가 좋아지고 변화가 없자 다시 무서운 졸음이 몰려왔다. 우리는 액셀러레이터를 최대한 당겨놓고, 달리는 차 안에서 자리 바꾸기를 하며 한 시간씩 교대로 단잠을 잤다.

565km. 멀리 섬이 없는 바다가 보인다. 분명 그건 여태 내가 보아온 신기루의 바다가 아닌 정녕 바다다.

"대서양이다, 대서양이다!"

우리는 구명 파이프를 두들기고 경적을 울리며 고함을 질렀다.

횡단 2만 리. 나침반 270°. 이글거리며 타는 적도의 태양을 속절없이 해바라기 하며 정서 쪽으로 달려온 나날들….

바다 내음이 나는 곳으로 진입하며 넘어져 있는 몇 대의 차를 보았다.

횡단 2만 리를 눈앞에 두고 쓰러진 주자들의 아까움이, 말없이 누워있는 사하라의 크기만큼 절실하고 눈물겹다.

우리 차는 12,900km. 실제 주행 거리를 넘고 있다.

도착하자마자 나는 바닷가로 차를 몰았다. 상처투성이로 굴러온 내 여인에게도 바다를 안겨주고 싶다. 바닷바람에 진한 고향 냄새가 전해온다.

내 소년기 모두를 부산 남천동과 민락동 해안에서 보냈었다. 지금 여기 다시 바다로 돌아온 나에겐 저녁 바다 내음, 그건 깊이를 가늠할 수 없는 저 대양만큼의 행복이다.

대서양의 파도는 힘 있고 끝없이 길다. 선창가에는 돌아올 고깃배를 기다리는 사람들로 붐빈다. 방파제 안으로 포구가 안겨 있는 우리나라의 선창과 달리 이곳은 긴 해변 모래밭이 선창이다. 길고 뾰족한 카누들이 이제 막 석양을 등지고 들어오고 있다. 큰 도미와 숭어, 뱅어들. 1m도 넘는 이름 모를 잡어들이 배 안에 풍성하다. 모래사장에 즉석 난장판이 서고, 많은 아낙네가 생선을 사 가고 있다. 먹음직스러워 보인다.

선창의 비린내가, 지금은 사라져 버린 해운대 쪽의 포구와 갯마을을 기억나게 했다. 태양에 익고 짓무른 몰골의 얼굴을 하염없이 손으로 쓸어내리며 나는 한껏 바다를 들이쉬었다.

새벽 추위를 피해 배 안에 웅크린 녀석.

해넘이를 보며 바다가 보이는 지중해의 카페, 그리고 「대부」의 주제가 한 소절을 떠올렸다.
"Wine coloured days warmed by the sun. Deep velvet nights when we're one."

해안을 벗어난 곳, 마의 언덕이라 칭하는 모래 능선을 무사히 넘고.

대서양 대접전

지옥의 랠리 스무째 날

맑고 신선함

누아디부Nouadhibou-리샤톨Richard-Toll. 716km.
스페셜 스테이지. 총 주파 11,865km.

대망의 완주를 눈앞에

대회 본부 시각 아침 6시 30분 출발.

오랜만에 샤워를 하고 잠을 잤다. 좀 더 눈을 붙이려 아침 브리핑은 녹음기로 대신 듣기로 했다. 만신창이가 된 몸이 이질 기운까지 더해 쇳덩이를 짊어진 듯하다. 적도 사하라를 횡단하여 대서양 연안까지 죽기를 각오하고 왔으나 이제는 대망의 완주를 눈앞에 두고 다른 망설임이 필요 없다. 오늘부턴 촉촉하고 단단한 해안 모래 위의 접전이다. 아프리카 황

금해안을 타고 세네갈 수도 다카르까지 내려가는 3코스이다. 오늘은 모리타니아 수도 누아초까지 가 그곳에서 다시 세네갈 강을 도강, 국경을 넘어들어 가는 700km가 넘는 긴 코스를 견뎌야 한다.

50km. 해안으로 난 피스트가 만만찮다. 그동안의 지표는 마른 사막 모래였으나 물기 있는 모래는 처음 달린다. 모래는 생각보다 무겁고 칙칙한데 외길 피스트는 이미 많은 차가 지나가며 차 하부가 닿고도 남을 만큼 깊이 파여있다. 이때는 피스트 가운데 튀어나온 부분을 지그재그 대각선으로 타고 넘어야 하는, 소위 말타기를 해야 하는데 바보들은 여기서도 빠져 허우적거리고 있다.

93km. 속도 접전 중 넓지 않은 피스트를 만나면 서로 먼저 빠져나가려 양보 없이 밀어붙이다 차끼리 부딪치기 일쑤다. 차 옆면이 서로 스칠 땐

마의 언덕을 비상하듯 날아내리는 주자. 일본 미쓰비시 팀을 비롯해 차 두 대가 이곳에서 결국 뒤집혔다.

그라인더로 가는 것처럼 불꽃이 튄다. 124번 주자와 티격태격 밀어붙이다 몇 번 스쳐 갈았다.

"야 인마, 죽을래 너? 같이 죽자는 거냐?"

고함을 지르며 나는 앞 범퍼 한쪽이 떨어져 나와 너덜거리는 놈의 앞으로 치고 나갔다.

"어쭈, 미친년 치마 같은 차로…. 미친놈!"

내가 놈을 쳐다보며 고함을 지르는 동안 놈은 잽싸게 또 내 차를 앞지르곤 혀를 쭉 빼 보이며 달아나버린다. 약이 올라 죽을힘을 다해 놈을 쫓아가고 있는데, 그놈도 죽어라 계속 도망가고 있다.

"야, 반자이('가미카제식'이란 말로 어쩌다 내 별명이 이렇게 불렸다'), 차 깨지겠다. 그만해 인마."

제롬이 빈정거렸다.

“짜식, 넌 인마… 지금 싸울 힘도 없는 다 죽어가는 놈이… 쫓아가 되레 두들겨 맞으려고 까불어.”

사실이다. 나는 태권도 6단, 유도 3단, 검도까지 4단이지만, 지금 내 몸 상태는 누구와 몸으로 싸우긴커녕 실컷 두들겨 맞을 수도 있는 빈사 상태다. 물론 우리 주자들 입은 험하지만 치고받는 그런 일은 없다. 하지만 자동차 경주의 백미는 뭐니 뭐니 해도 남을 따돌리고 추월해 내는 맛일 것이다. 더욱이 나는 추월당하기를 정말 싫어해 곧잘 치킨 게임도 마다치 않는다. 그래서 친구들이 나를 ‘반자이’라 부른다.

길에서 가장 교통 법규를 잘 지키며 운전하는 사람의 운전 방법과 정 반대의 운전을 최고로 잘하는 사람이 자동차 경주 선수이다. 마치 우리가 농구장에서, 남의 볼을 잘 빼앗는 선수에게 박수를 보내지만, 만약 길

대회 본부에서 만들어 놓은 수중 구간을 지나는 주자들.

에서 그 일을 잘하면 강도나 소매치기로 벌을 받는다. 그건 우리들 모든 사람 핏속에 남아있는, 그리해야 잘 살아남을 수 있었던 원시 선조들을 닮아있기 때문이리라. 내 친구 홍수환이는 남을 실컷 잘 두들겨 때려 기절시키고 국민 영웅이 되어 아직도 신나는 사나이 아닌가.

현대의 모든 스포츠는 못된 자신의 욕구를 대리 만족게 하여 사회를 범죄로부터 정화시키는 데 지대한 공헌을 하고 있다. 태어나서 한 번도 가르쳐 주지 않았는데 우리는 남을 괴롭히는 걸 잘도 한다. 때리고(권투), 빼앗고(농구, 럭비), 훔치고(야구), 차고(태권도). 속이고(모든 스포츠 게임), 도망하고, 앞지르고픈(경주) 욕망을 대신 풀어주기 위하여 수십, 수백억 원을 들여 귀중한 시간을 할애해 그 짓거리를 중계하는 현대 매스컴의 기교에 찬사를 보낸다.

대서양에 지다

오후 3시. 피가 터지는 대접전이 붙고 있다. 물도, 사람도 보이는 곳, 이제야 세상 밖으로 나온 자동차 경주는 해안으로 난 수십 km의 백사장 위에서 펼쳐지는 속도전의 대 파노라마다. 모래사막에 차가 빠져 시속 10km도 못 가던 놈들이 언제 그랬던가 싶게 모두 일 초가 아까운 듯 서슬 퍼렇게 독이 올라 달리고 있다.

350km. 숲길 옆 경사 심한 둔덕을 넘다 차 두 대가 전복되어 있다.

"그래 어째 카메라 든 놈들이 저쪽 숲에 숨어있더라니…. 쯧쯧."

제롬이 혀를 차며 내게 조심하라 이른다. 사진 기자 놈들은 경주 코스의 가장 지형이 험하거나 파일럿들이 코스 파악에 실수할 수 있는 묘한 장소에 숨어 우리들이 겪을 불행을 기다리고 있는 놈들이다. 얄밉기 그지없으나 그 짓 하는 것이 놈들 직업이니 어쩔거나.

오후 4시 40분. 주자가 또 넘어져 헬기로 후송되고 있다. 처음에는 충격도 받고 염려도 되었으나 이제는 일상사처럼 사고를 봐와 제롬과 난 이제 그 상황에 무감각해져 버렸다. 서로 쳐다보는 것으로 그곳을 지나쳐 버릴 만큼 사고에 익숙해져 버린 것이다.

사고 주자는 응급 치료 후 유럽으로 후송된다.

유럽 최고의 포뮬러 선수 여러 명이 이 경주에 참가했으나 좋은 성적을 내지 못하고 사고로 후송되었다. 넘어지고 뒹굴고 다쳐 유럽으로 후송되는 동지들을 매일 밥 먹는 것보다 많이 본다. 하지만 그 무엇보다 이제 이틀 후면 최종 도착점인데 그 주자들이 동료로서 안타깝기만 하다.

일반 랠리 경주는 사람 사는 세상 부근에서 하기에 사고는 다반사지만 이 경주만큼 많지 않고 응급구조나 병원이송 등 모든 것이 쉽게 행해진다. 나는 이 경주가 끝났을 때 나 자신도 경악하고 말았다. 매일 이 현장에서 보아온 일이지만, 다친 사람이 2백 명이 넘고 죽은 사람이 일곱 명이었다. 스포츠에 초연하던 바티칸 교황 장 폴 2세가 이례적으로 나서 이 대회는 인명을 너무 많이 살상하는 '비인간적 스포츠'라 공식적으로 기자 회견까지 했다. 앞으로 이 경주의 향방이 가늠될 만한 일이다.

490km. 해안이 끝나고 산길로 접어들었다. 수십 km 해안선 모래 위의

속도 접전이 끝나는 곳에서 우린 산과 들판을 가로지르고 해안 마을을 지나 다시 접전이 시작된다. 미안하기도 하고, 성가신 것은 해안 쪽 날아가듯 지나는 곳곳에 왜 그리도 많은 사람이 나와있는지….

오후 6시 48분. 마지막 체크 포인트 통과.

도착지에는 상상할 수 없을 만큼의 구경 인파가 나와있다. 위협적인 속도로 들이닥치는 경주 차에 아랑곳하지 않는 열광적인 관중들이다. 이들은 사고로 다치거나 죽기도 했는데, 사망한 한 아이의 엄마는 그들로선 생각하기 힘든 거액의 보상금을 받아낸 후에야 주자를 풀어주었다.

나는 비켜주지 않는 군중들 사이를 아슬아슬하게 빠져나와 곧장 친구인 빠스칼의 집으로 갔다. 군중의 무리를 빠져나온 마을 어귀에 그는 이미 마중 나와 반갑게 우리를 맞아주었다. 아마추어 무선사(HAM)인 그는 이미 우리에 관한 생생한 뉴스를 더 많이 알고 있었다. 키가 하도 커 작은 비행기에 들어가 앉을 수 있을까 의문이 들 정도인데, 그는 이곳 대통령 전용 비행기 파일럿인 프랑스인이다.

그의 집에 도착하자 말자 목욕을 하고 그가 내주는 얼음 가득한 진 토닉 한 잔을 들고나니 내 몸은 테라스 앞으로 트인 대서양 어디메로 바위처럼 가라앉고 있다.

"으악, 내가 아직 살아있구나!"

나는 문명 세계로 처음 나온 것처럼 들떠있고, 그 안락함이란…. 무턱대고 비방해 온 우리의 물질문명이 감탄스러울 뿐이다.

식탁에는 80~90cm는 됨직한 엄청나게 큰 도미와 알자스 지방산 내

빠스칼의 집에서 가진 저녁 만찬. 이렇게 큰 도미는 처음 본다.

가 좋아하는 리슬링 백포도주가 차갑게 올라와 있다.

그리고 넓은 거실에서 울리는 라벨의 볼레로 음률은 이미 진 토닉으로 콩닥거리는 내 심장을 멎게 하려 한다. 아마 놀부가 동생 집에 초대받아 화초장을 얻었을 때 이 기분이었을까? 도미 대가리를 내가 먹어도 되겠냐고 물으니 생선 대가리를 먹지 않는 그들 모두 나를 의아해한다. 이럴 때 제롬이 또 빠질 리 없다.

"내가 이때까지 봐와서 아는데… 이놈은 원시인이야."

제대로 된 포구도 없는 곳에서 배를 밀어 바다로 나가는 어부들.

우리가 지나는 길의 바닷가 마을에 어둠이 내리고 있다.

황금해안 길을 따라

지옥의 랠리 스물한째 날

바람. 구름

제20코스 리샤톨Richard-Toll-생 루이Saint-Louis. 341km.
스페셜 스테이지. 총 주파 12,207km.

지금 내가 조난이 두려우랴

그러나 내 차의 주행거리는 15,217km가 넘고 있다. 경주 주파 거리의 차이가 사막에서 길을 잃고 헤맨 거리다. 그건 3만 리 경주 거리보다 더한 절망과 두려움으로 우리를 힘들게 한 인고의 거리였다.

경주 조직위 시간 아침 일곱 시(현지 시각 아침 5시), 커피를 마시며 아침 브리핑을 들었다. 이제 내일이면 대망의 완주인 다카르에 입성하게 되니 모두의 큰 성공을 위하여 조심하라는 당부 일색이다.

랠리 경로

“에이, 조심하라면 속도를 내지 말라는 건데…. 경주를 하지 말라는 거 아냐? 사탕수수밭 25km 스페셜은 또 뭐야?”

브리핑 장 뒤에 서서 듣고 있던 주자 몇 명이 제법 큰 소리로 빈정거린다. 돌아다보니 어제 해변 좁은 피스트에서 차체를 몇 번이나 부딪히며 접전을 벌였던 그놈 얼굴이 보인다. 내가 놈에게 주먹을 올려 보이니 놈은 어제처럼 또 혀를 쑤욱 빼 보이며 웃는 것이 아닌가?

엔진 과열로 불타고 있는 차 앞에는 주자의 이름과 혈액형이 명시돼 있다.

10km. 오늘은 경주 구간 거리가

짧은 대신 이곳 사탕수수밭 속의 늪과 미로 25km를 지독히 어렵게 만들어 그곳을 빠져나가야만 해변으로 갈 수 있도록 되어있다.

출발점에는 이 나라의 민속 음악과 함께 광대들이 악마의 얼굴로 화장들을 하고 우리 앞에서 펄떡펄떡 춤을 추고 있다.

"저게 환영 춤이라는 게지… 우리를?"

"원 참, 환영하는 것도 유분수지. 저게 춤이라고 추는 거냐? 우리나라 개다리춤도 저것보단 보기 좋다."

평균 방향 180~200°.
하늘엔 구름도 해도 보이지 않는다.
묘한 날씨다.
시궁창 같은 사탕수수밭을 힘들게 지나
내륙으로 비껴 지나는 초원 속 피스트에는
초록빛 잎이 풍성한 나무들이 띄엄띄엄 서있다.
이곳은 생명의 땅이었다.
고목나무들 아래엔
잘 빗어 내린 스칸디나비아 여인의 머릿결같이
빛나는 긴 풀들이 끝없이 펼쳐져 있다.
삭막한 죽음의 사막에서 내가 지나온 20일은
2년보다 더 긴 시간이었다.

128.48km. 왼쪽 앞 타이어가 휠에서 벗겨져 버렸다. 모래가 깊어 타이어 공기압을 줄이면서 공기를 너무 많이 뺀 것이 화근이었다. 빠지지 않

으려고 깊은 모래 지표에 마찰을 많이 얻어내려다 오히려 벗겨져 버린 꼴이 되었다. 타이어가 모래에 빠진 것보다 더 어려운 지경이 된 것이다. 꼴좋다며 쳐다보고는 굉음과 함께 먼지를 일으키며 차들이 지나갔다.

우리는 그물판과 담요를 포개 그 위에 조심스레 자키를 올리고 차체가 오르는 만큼씩 모래와 돌을 휠 밑으로 밀어넣었다. 차에 있는 딱딱한 모든 것 또한 다 그 밑으로 쑤셔넣었다 그리고 연이어 차체를 들어 올리는 자키 밑을 또 보강하고… 미치겠다. 지나가는 놈들이 내는 먼지를 입도 가리지 못한 채 그대로 마시고 있다.

160.20km. 부족 마을 옆에서 바로 좌회전해야 할 길을 모르고 지나쳐 직진했더니 열 대도 넘는 차가 그곳에 몰려있다. 아, 분통 터진다. 또 길을 잃고 저 멍청이들과 합류하다니… 쯧쯧. 나는 제롬이 분명 이들과 같이 휩쓸릴 걸 알고 조수석으로 그를 밀어넣곤 내가 핸들을 잡았다. 그리고 과감히 지나쳐 온 부족 마을까지 되돌아갔다. 제롬은 이 경주에서 벌써 두 번이나 조난 당한 이력을 가지고 있다. 조난 공포증에 대한 과잉반응은 경주를 망칠 수도 있는데 그들 대부분 이런 경우 경주를 포기하는 일이 있어도 여러 명 같이 몰려있는 것을 택하기 때문이다. 막막한 사막에서 혼자가 된다는 건 엄청난 두려움이다.

오늘 오후 내 간 큰 선택이 적중했다.

83km. 긴 긴 파도가 줄지어 몰려오고 있다. 밀려오는 파도의 길이가 시야에 다 들어오지 않아 그 길이를 가늠할 수 없다.

적당히 젖어 굳은 모래땅을 택해 마음껏 달리는 차들 속도가 가관이다. 끝이 없을 것 같던 긴 모래 해안이 끝나고 다시 초원으로 들어섰다.

앞만 트이면 무서운 속도로 달리는 주자들.

이곳에서 이 대회의 이변이 일어나고 말았다. 마을을 지나 초원으로부터 흩어지기 시작한 경주 차들이 대부분 로드 북의 지시를 다른 지형으로 오인하고 앞서간 차들의 자국을 따라가 버린 것이다. 항법사가 로드 북 지시대로 지형을 잘 읽고도 앞차들이 지나간 방향이 다른 곳으로 나 있으면 갈등이 생기지 않을 수 없다. 그러나 갈등도 잠시, 대부분의 차는 잘못 간 다수 차의 바퀴 자국을 무시하지 못하고 그리로 따라가 버린다. 오늘 1등 출발한 스웨덴 선수 바타넨부터 잘못된 방향으로 가기 시작해 2위, 3위… 줄줄이 그 방향으로 갔고, 뒤차들 모두 잘못된 바퀴 자국을 바보처럼 뒤따라갔다. 바보들의 행진이란 말은 이럴 때 쓰여야 할 듯하다. 다행히 그중 몇 명은 그 군중심리에 끌려가지 않고 자신들의 항법을 믿고 방향을 바로잡아 갔다. 그 주자들은 이미 다른 곳에서 길을 잃고 돌아다니다 많은 차가 잘못 간 그 피스트 자국을 보지 못한 행운의 바보들이다. 그중 하나가 제롬과 나였다. 오후 4시 전후로 1위 주자가 들어와야 할 시간이 한참 지났는데도 아무도 들어오지 않았고, 오후 5시 37분에 도착한 우리 주변이 평소보다 신기하리만큼 한가하기까지 하다. 대회 본부 인원과 이미 도착한 20여 대의 차뿐이지 않은가? 오늘은 일찍 들어와 참으로 기분 좋은 모처럼의 여유 시간을 즐기고 있다. 밤새 길을 잃었다 도착하는 놈들의 몰골에 침을 꼴깍꼴깍 삼키며 불구경하는 아이같이 좋아하는 바보스러운 내 모습이란… 쯧쯧. 저는 거의 매일 밤을 저리 죽을 둥 살 둥 당해와 놓고 말이다.

331km. 그런데 안타까운 일이 벌어졌다. 이 대회 2륜 모터 부문에서 계속 1위로 달리고 있던 위베가 도착지 10km를 남겨두고 깊은 모래 피스트를 튀어 올라 나무에 걸리며 처참한 사고를 당했다. 우리가 지나가는 피스트에는 그의 피가 얼룩져 있고, 구급 헬기가 부상 응급조치를 한 후 들것에 실어 옮겨 가고 있었다. 내일이 끝나면 그가 황금의 평생이 될 것을 놓친 것보다 그의 예술적 경지의 스피드를 이제 다시 볼 수 없게 될 것이 못내 안타까울 것이다. TV에서 가끔 보아온 그의 환상적인 질주는 절로 고개 젓게 만드는 친구였는데…. 이 파리-다카르 경주는 완주에 최고의 역점을 두는 경주이기에 경주 채점 시간이 다른 주자들보다 아무리 짧다 해도 완주하지 못하면 허사가 되고 만다.

황금해안의 슬픈 역사

340km.

멀리 생 루이 해안이 보인다.

초가을 같은 날씨에

넓은 강폭이 바다로 내닫고

그 사이 여러 개의 작은 섬이

종려수에 싸여 있는 이곳은

세네갈 강과 아프리카 서해안을 끼고

한 폭 그림같이 자리한 도시다.

역사를 아는 누가

저 도시를 아름답다 하겠는가?

삼백 년 전

아프리카 서쪽 모든 해안 마을에

성경을 든 사람들이 배를 타고 몰려왔다.

그리곤 자연에 순응하며

가장 인간답게 사는 사람들을

쇠사슬에 꿰어 데리고 갔다.

철창에 그들을 가두고선

배에 가득 싣고 십자가를 든 채

잡아온 사람들에게 축성을 하고

재산으로 등재 시켜 큰 부자가 되었다.

십자가를 든 그들은 노예들에게 기독교식 축복을 내리고 기독교식 교육을 받도록 했으며, 일체의 아프리카 토속 종교 활동을 금지시켰다.

생 루이 해안에서 노예로 팔려가기 전 짐승처럼 쇠사슬에 묶인 그들. 1억 명의 아프리카인이 미주로 끌려갔다.

황금해안

삼백 년 동안 이곳 해안으로 끌고 와

노예로 만든 인간이 1억 명이며

끌고 오다 죽인 무구한 사람 또한 1억 명이다.

천 년이 넘는 세월 동안

하느님 뜻대로 산다는 그네들은

어찌하여 이곳으로 인간 강도질을 왔을까?

아직도 이 세계는 그들 강자의 세상.

삼백 년 한 맺힌 역사에 대해

아무도 묻지 못하고 있다.

지금도 지도에는 황금해안이라 표기하고 있는

저 아름답고 슬픈 해안 도시 곳곳에

한 맺힌 절규가 들리는 듯하다.

아멘, 아멘….

만신창이가 되어 결승점 다카르 붉은 호수에 도착한 태극애마.

아, 그리운 대서양.

붉은 호수에 빠지다

지옥의 랠리 스물두째 날

생 루이Saint-Louis-다카르Dakar. 250km. 마지막 스페셜 스테이지.
공식 주파 거리 12,457km. 실제 주행거리 14,831km.

마지막 아프리카의 햇빛

대회 조직위 시간 6시. 현지 시각 새벽 4시, 마지막 브리핑이라 하는 수 없이 만신창이 몸으로 참석했다. 아직 깜깜한 밤이다. 웬 꼭두새벽이라니. 오늘 경주 코스는 해안선 썰물 시간대에 맞춰 생기는 모래사장을 타기 위함이란다. 조직 위원장 질베르 사빈느 씨의 특별 브리핑이라지만 내 눈은 계속 아래로 감기고 한기가 들어 몸은 떨고 있다. 이질 증세에 통증을 수반한 밭은기침, 모기에 많이 물려 가렵고 부은 상처보다 말라리아에 걸린 듯도 싶다. 햇볕 화상으로 몇 번 껍질이 벗겨지던 얼굴은 이

제 상처로 짓무르고 있다. 이보다 더 나빠질 수 없는 몸 상태다. 오늘이 마지막 날이 아니라면 나는 경주를 포기하고 파리로 후송돼야 할 심각한 상태다.

눈을 감고 고개가 처지는 내 뒤에서 누군가 목 뒤를 살며시 주물러 주었다. 한 눈만 떠보니 소피였다.

"S(C)a-va toi?" 그녀는 속삭이듯 '괜찮니?'라고 물었다. 나는 약하게 고개를 흔들기만 하다 제법 큰 소리로 말했다.

"S(C)a va pas moi…. je vais mourir(아니, 별로야…. 나 죽을 거야)."

소피와 몇 명이 나를 쳐다보았다. 브리핑 장을 나오며 그녀는 헤어지기 전 내게 속삭였다.

대회 본부 임원들이 마지막 구간에 도착하는 주자들을 지켜보고 있다.

“야, 오늘은 아냐. 죽으려면 내일 죽어. 다카르는 가야지, 응?”

해안가 경주 코스까지 가는 뽐풀까지의 접선 구간 30km는 정말 엉터리 길이다. 아프리카의 길 대부분에 거리 이름이나 지역 이름 안내, 표지판 등은 좀처럼 없다. 더구나 길 위 아무 곳에서나 드러누워 있는 당나귀, 소들이 오늘따라 성가시기 이를 데 없고, 그것들뿐이 아니다. 부엉이나 산토끼 같은 야생 짐승들도 우리가 대낮같이 밝히는 서치라이트 불빛에 시력을 잃고 죽은 듯 길 위에 멈춰 서있어 대체 속도를 낼 수가 없다.

8시 30분. 이제 갓 물이 빠지며 나타나기 시작한 해변은 달리기엔 최적지이다. 마지막 속도 접전이 무섭게 시작되고 있다.

방향 다카르!

얼마나 목말라 하며

사력을 다한 완주이더냐!

얼마나 운이 좋아야,

얼마나 곳곳의 하느님에게

기도를 잘해야 하던 것이더냐!

멀리 어디선가 햇빛이 비치고,

해안선만큼이나 긴 파도 줄기가

어둠과 여명 사이에서

끊임없이 빚어져 나오고 있다.

다 찌그러진 우리 차는

요술 할머니가 타는 방석처럼

날아가고 있다.

이미 또 반이나 모래바람에 잘려나간

태극기는 흔쾌히 떨며

앞쪽 깃대에 믿음직하게 꽂혀있다.

사만 리 길고도 험했던 여정에

마지막 위안이라도 하려는 듯

해안의 굽이굽이는

아름다운 이의 자태처럼 부드럽고 평안하다.

이년 저년 욕만 얻어먹던

만신창이의 내 애마가
지금의 내겐 호사스러운 낭만이다.
"그래, 너도 고생했다.
아프리카의 원시 속 별밤을 지새며
욕쟁이 주인과 함께 얼마나 힘들어했나….
고맙구나."

언제나 곱고 은밀한 것들만 있으면
바다로 데리고 나왔던 지난날,
바다는 항상 큰 용기로
나를 용솟음하게 했고,
그것들을 사랑하게 만들었다.

그처럼 지금, 저 바다는
그동안 선인장 가시처럼 말라 온 심신을
흥건한 끈적임 속으로 풀어놓는다.
먼지에 찌들었던 내 눈은
축축한 대서양 기운에 서려
참 오랜만에 한 줄기 물기가 뺨을 적셔 내렸다.
"…."
떠오르는 아침 해에
사나이의 민망함이 비친다.

"다 왔지."

제롬은 겸연쩍은 듯 웃으며 내 어깨를 쳤다. 우리는 형편없이 망가진 서로의 몰골을 한참 동안 쳐다보았다. 놈의 눈에 설깃 물기가 배이고 있다. 나는 액셀러레이터를 있는 대로 밟았다. 내 혈육만치 미더운 놈 아니더냐….

오후 2시 12분. 다카르의 붉은 호수를 돌아 우린 아치 속 인산인해의 인파 속에 묻혔다.

인파 속에 선 내 몰골. 제대로 자지도, 먹지도 못해 몹시 여위었다.

사하라에 지다

펴 낸 날 2022년 7월 25일

지 은 이 최종림
펴 낸 이 이기성
편집팀장 이윤숙
기획편집 윤가영, 이지희, 서해주
표지디자인 이윤숙
책임마케팅 강보현, 김성욱
펴 낸 곳 도서출판 생각나눔
출판등록 제 2018-000288호
주　　소 서울 마포구 잔다리로7안길 22, 태성빌딩 3층
전　　화 02-325-5100
팩　　스 02-325-5101
홈페이지 www.생각나눔.kr
이 메 일 bookmain@think-book.com

• 책값은 표지 뒷면에 표기되어있습니다.
ISBN 979-11-7048-419-6 (03810)